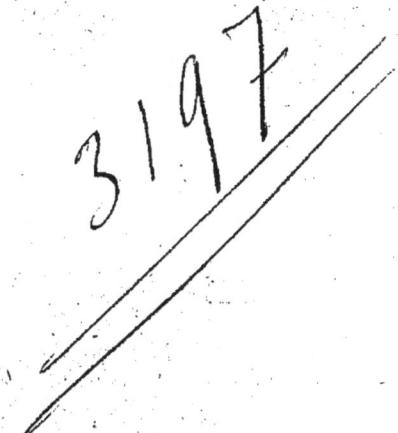

GŒTHE ET BEETHOVEN

DU MÊME AUTEUR

GŒTHE

ET

BEETHOVEN

PAR

Henri BLAZE DE BURY

PARIS

LIBRAIRIE ACADÉMIQUE DIDIER

PERRIN ET Cie, LIBRAIRES-ÉDITEURS

35, QUAI DES GRANDS-AUGUSTINS, 35

1892

GŒTHE ET BEETHOVEN

I

GŒTHE ET BEETHOVEN

Je me reproche de revenir ainsi toujours à
Gœthe, mais, comme disait Buloz, on ne parle
bien que de ce que l'on sait ; et puis, le moyen
de résister à telle invite continue des livres nouveaux qui se publient sur le sujet tant en France
qu'en Allemagne ? Qui sème des idées récoltera
des commentaires ; Beethoven est désormais
toute une littérature ; ses œuvres, en dehors de
leur mérite intrinsèque, soulèvent des questions
philosophiques à n'en plus finir ; pourquoi les
musiciens, à leur tour, n'entreprendraient-ils
pas Gœthe pour affaires de leur compétence ?
« Que dirait de cela Voltaire, qu'en penserait
Richelieu ? » s'écrie à tout moment Sainte-
Beuve ; on se figure aisément un curieux

se posant cette question à propos de Gœthe, et si le curieux est un musicien, nous pouvons nous attendre à des renseignements intéressants; car, il s'en faut que le personnage qu'il s'agit cette fois d'interviewer soit un laïque ordinaire.

Gœthe pouvait musicalement n'avoir pas fait ses classes, sans doute, n'en savait-il point assez pour composer, mais il en savait plus long qu'il n'est besoin pour discourir en toute compétence. D'ailleurs, celui-là seul qui compose de la musique a-t-il le droit de s'appeler musicien ? La question vaudrait la peine d'être examinée. J'ai passé ma vie à fréquenter d'honorables partitionnaires qui ne se doutaient pas de ce que c'est que la musique et, d'autre part, tel qui n'écrivit jamais une note, aura sur cet art des clartés profondes, et sera, sinon un musicien dans le sens vulgaire, du moins, un sujet exceptionnellement musical, ce qu'était Gœthe.

Sa correspondance avec Zelter ne nous laisse sur ce point rien ignorer, ni de ses prédilections naturelles ni de ses aptitudes techniques ; car, s'il mettait à son dilettantisme beaucoup d'esthétique et d'histoire, il y mêlait aussi des notions toutes spéciales acquises pendant les

années de jeunesse ; lui-même, dans une page
assez plaisamment anecdotique, a pris soin
de nous raconter cette première éducation musicale faite en commun avec sa sœur : « Il était
résolu en principe que ma sœur et moi nous
apprendrions la musique, et nos parents n'hési-
taient plus que sur le choix du professeur, lorsqu'un jour, entrant chez un de mes camarades,
je le trouve occupé à sa leçon avec un maître
qui tout de suite me charma par sa manière
humoristique d'enseigner. Il avait inventé des
sobriquets pour chaque doigt des deux mains et
faisait de même pour les touches blanches et
les noires qu'il désignait ainsi que les clefs
sous des noms figurés, de sorte que la leçon de-
venait un vrai petit spectacle de marionnettes
qui maintenait tout le temps l'élève en gaieté.
De retour à la maison, je racontai à nos parents
ma découverte en les suppliant de nous gra-
tifier de ce phénix des professeurs de piano.
Informations prises, il se trouva qu'en bien,
comme en mal, ce n'était rien de merveilleux,
mais ma sœur joignit ses instances aux mien-
nes et nous eûmes cause gagnée. Quelle ne fut
pas notre surprise de voir, au début, toutes
choses se passer selon les règles ordinaires sans

l'ombre de lazzis ou de mise en scène. Cependant comme il ne s'agissait encore que de la lecture des notes, nous nous disions : patience, c'est quand nous en serons au clavier que les drôleries auront leur temps. Point du tout ; le clavier vint à son tour, et ni les blanches, ni les noires, ni les exercices du doigté n'amenèrent avec eux le petit Poucet et Polichinelle ; le professeur ne se déridait pas ; nous étions volés. Ma sœur me faisait les plus vifs reproches, moi-même, je n'y comprenais rien, attendant toujours et profitant peu. Nous en étions là de notre désappointement quand le mot de l'énigme nous fut révélé grâce à la présence inopinée d'un de mes camarades ; à peine venait-il de nous surprendre au beau milieu de la leçon, que voilà soudain les saccades humoristiques qui se retrouvent comme par miracle et mon petit ami d'éclater de rire et de vouloir à son tour, que ses parents lui donnent pour maître un compère si récréatif, disons-nous, un compère si malin, plus habile assurémeut à piper les oiseaux qu'à les instruire. Toujours est-il que Goethe, après avoir reçu de lui les premières notions du solfège et du piano, ne laissa pas de pratiquer d'autres professeurs et de passer à d'autres instruments, car nous le voyons par la suite à Strasbourg, au plein de la tourmente de sa vie d'étudiant, s'escrimer d'arrache-pied sur son violoncelle.

Que toutes ces études n'aient point abouti à des résultats pratiques, elles n'en furent pas moins profitables à la formation de son goût ; d'elles lui vint cette impulsion vers un idéal qui sa vie durant l'intéressa. Il y puisa des curiosités nouvelles, des prétextes, à recherches et à découvertes et je ne sais quel souci pourtant d'élargir son horizon. A Weimar, où s'écoula la plus grande partie de son existence, il n'eut d'abord de ce côté que des déceptions. Weimar était au commencement du siècle une ville de cinq mille habitants et de ressources musicales bien précaires, en dépit de sa chapelle instrumentale et de son théâtre : « C'est aussi trop de privations écrit-il le 7 mai 1807, un peu d'opérette et voilà tout ; ni chant, ni symphonie, autant dire rien pour l'imagination. » Et ailleurs : « Je vis ici dans une sphère musicale impossible ; l'année se passe à n'entendre que des reproductions ; jamais d'œuvres originales, et sur un sol qui ne produit pas un art, ne saurait nous donner que des sensations émoussées, secon-

daires : *beati possi dentei !* Peut-être qu'en effet
il y aurait à discuter sur ce point, ce qui nous
mènerait droit au fameux thème si en faveur
aujourd'hui de la décentralisation musicale, il
est certain que les grandes villes ont pour sus-
citer un chef-d'œuvre, pour tenir en haleine les
artistes et le public des moyens dont les petites
ne disposent pas ; mais aussi que d'inconvénients
attachés à ces avantages : telle paresse du goût
par exemple, le scepticisme qui nous vient d'une
immense saturation et qui, des journalistes et
des gens du monde, s'étend jusqu'aux masses,
trop de centralisation dans l'art tue à la longue
l'initiative de l'individu, la production intellec-
tuelle tourne au commerce, au train-train, un
théâtre à ses fournisseurs, un musicien distribue ses partitions en trois, quatre ou cinq actes
selon la commande. « Voyez notre opéra, me
disait naguère un des maîtres de ce temps-ci,
il s'en va de marasme, pour peu que cela dure
encore, aucune tentative de relèvement n'aura
de chance. » Maintenant à ce cas d'anémie particulier aux grandes centralisations, opposons
l'exemple d'une petite ville en travail d'enfantement, prenons un coin de l'Allemagne, ce
Weimar amicalement si dépourvu aux yeux de

Goethe, plaçons-y non pas un de ces directeurs fainéants comme en improvise dans les capitales la faveur d'un ministre, mais un homme de tempérament et d'impulsion n'ayant pour mandat que son idée, un Franz Liszt capable à lui seul de suffire à tout et nous aurons avec des ressources disproportionnées la première nouvelle que le monde ait eue de *Tanhauser* et de *Lohengrin.*

Gœthe était un de ces aristocrates de l'esprit qui ne se contentent point aisément; sa bienveillance innée et son vif désir de s'intéresser à tout ne le défendaient pas toujours contre les impressions du médiocre. En musique, cherchant près de qui se renseigner, il n'avait à Weimar trouvé personne qu'un maître de chapelle incapable de s'associer à ses idées, et, plus tard lorsqu'en 1820, Hummel fut appelé dans la résidence, les relations avec elles duraient déjà depuis longtemps. On connaît cette révérence de Méphistophélès à Faust : « Je présente mes salutations à monsieur le docteur, vous m'avez rudement fait suer. » Tout secrétaire ou correspondant de Gœthe eut souventes fois occasion de le complimenter ainsi. Méthodique et régistrateur, il voulait non pas simplement des clarts

mais des informations précises sur les choses ;
des documents ; les six volumes de cette correspondance avec Zelter qui se continua pendant
trente ans, nous le montrent s'appliquant à la
musique comme ferait un homme dont l'unique
but serait d'approfondir cet art, et ce n'était là
qu'un dilettantisme de philosophe, qu'une manière de se rendre compte ; il rêvassait et
maximait tandis que les autres gens ordinaires
— bonnes gens — pourvoyaient aux nécessités du
monologue ; il y a toujours plus ou moins de
l'appariteur scientifique dans le métier de correspondant d'un grand homme ; qui l'accepte, se
subordonne ; point de docteur Faust sans un
Wagner quelconque pour souffler et aviver la
flamme du fourneau. « La musique ne se borne
pas à nous procurer les plus belles et les plus
nobles jouissances, elle livre au sentiment ce
qui ne se conçoit, ni ne s'imagine. » C'est très
joli, encore qu'un peu alambiqué, mais combien
de Zelter, de Reichardt, et d'Eckermanns em-
ployés à misturer telle métaphysique.

Un jour, Gœthe écrivant à Zelter, l'interroge
sur cette tendance générale aux tons mineurs
qui se retrouve jusque dans les polonaises, et
Zelter lui répond que le mineur est fondé sur

la tierce inférieure, mais qu'il y faut voir simplement une acquisition de la science et nullement un don immédiat de la nature, autrement
dit un produit tout conventionnel et ne se prêtant point aux divisions mathématiques d'une
corde.

Cette réponse ne satisfait pas Gœthe qui se
retourne en ces termes contre l'argument :
« Comme précision et sûreté aucun appareil
de physique ne vaut l'organisme humain et l'erreur de la science est de ne pas expérimenter
toujours d'après lui et de se fier trop à ce que les
instruments nous révèlent ; tant de choses sont
vraies dont la preuve nous est interdite ; mais,
heureusement, l'homme est là capable, dans sa
perfection, de nous démontrer l'indémontrable,
qu'est-ce qu'une corde et ses divisions mécani-
ques comparées à l'oreille du musicien ? Je vais
plus loin, que sont eux-mêmes, les phéno-
mènes de la nature en présence de l'homme qui
les coordonne, et les modifie pour se les assi-
miler ? » Ceci prête à réfléchir à Zelter qui se
creuse la cervelle et ne trouve rien. Gœthe cependant continue de ruminer et son instinct le
porte à cette conviction que « le mineur relatif
est aussi bien un don de la nature que le ma-

jeur à la tierce supérieure », un an avant sa
mort, ce problème le préoccupait encore et ce
qu'il convient de ne pas omettre, c'est qu'à la
distance d'un demi-siècle, un des éminents théoriciens d'Allemagne, Moritz Haupţmann, dans
son *Traité de l'harmonique et de la métrique,* est
tombé d'accord avec Gœthe.

En musique, Zelter était donc son conseiller
intime ; dans les questions didactiques et techniques, toute son orientation partait de là, et
même, quand les instructions par lettres ne suf-
fisaient pas il le faisait venir à Weimar pour
la réorganisation musicale du théâtre. Après la
mort de Schiller, Gœthe voulant dresser le programme d'une fête commémorative, imagina
de mettre en scène le poème de *la Cloche,* et ce
fut naturellement à Zelter qu'il s'adressa :
« Relisez les vers, lui écrit-il, et envoyez-moi
une symphonie qui s'y rapporte, mais ne man-
quez pas d'insister sur ces paroles caractéristiques du morceau « *vivos voce, mortuos plango,
fulgura frango* », j'entends qu'ils soient accom-
pagnés d'une fugue imitant le bruit des cloches
et se terminant à sons couverts sur le « *mortuos
plango* ». L'idée était au moins poétique et
témoignerait que dans ses relations avec son

musicien, Gœthe ne se contentait pas toujours
de faire acte de réceptivité, il avait le sens du
vrai, du supérieur, ses prédilections d'artiste
l'emportaient même sur son chambellanisme, ce
qui n'est pas peu dire.

Une sonate trop prolongée le mettait hors de
lui, et chose plus grave, hors du salon officiel
qu'il quittait brusquement au risque de se brouil-
ler avec l'étiquette; en revanche, pour entendre du Hendel et du Mozart, rien ne lui coûtait.
Pendant la belle saison qu'il passait à Barca,
charmante localité de la Thuringe, un brave
homme d'organiste de village, nommé Schütz,
l'initiait au contre-point de Bach, et l'hiver, il
disposait à Weimar d'un groupe de voix et d'instrumentistes qui se réunissaient chez lui chaque
semaine : « N'ayant pas la chance de m'asseoir
au plantureux banquet d'une capitale, je m'ar-
range du mieux que je peux pour subvenir mo-
destement à mes besoins. » Zelter l'aidait beaucoup en cela, il s'était, de Berlin, constitué son
maître de chapelle et ne s'épargnait ni les envois, ni les instructions, ni les programmes
dirigeant à distance les études de la société :
« Tu m'ouvres le ciel, s'écrie Gœthe à l'une de
ses occasions, je flaire un avant-goût de ses

délices dans cet amas de notes ! Mais quelle
besogne que de s'y reconnaître, que de temps,
de peines et de négociations avant d'aboutir
même à la plus imparfaite exécution ! C'est ici
que se font sentir les misères de la petite ville ;
il semble que l'étroitesse de l'endroit, au lieu de
rapprocher les éléments, contribue à les éloigner
encore davantage, et que l'intimité, le voisinage
ôtent à l'organisateur tout moyen d'aplanir les
difficultés. Tu n'imagines pas les scènes ridicules qui se jouent et ce que j'use d'efforts et
d'adresse pour obtenir que tes envois passent
tant bien que mal, de nos yeux à nos oreilles. »

Gœthe conserva le dilettantisme jusque dans
sa période la plus avancée ; il avait soixante-
quinze ans quand Mendelssohn, alors âgé de
douze ans, lui fut présenté par son maître,
lequel n'était autre que le correspondant intime
du patriarche de Weimar. Hé mais ! quand on y
songe, avoir formé un élève tel que Mendelssohn et mérité pendant trente ans d'être le conseiller de Gœthe, voilà deux points à ne pas négliger dans la biographie d'un honnête homme.
Dès cette première rencontre, Mendelssohn
avait ravi Gœthe en lui jouant des fugues de

Bach et d'autres compositions de maîtres, si bien que deux ans plus tard, lorsque l'enfant prodige reparut à Weimar conduit cette fois par ses parents, le vieux poète, avant de l'embrasser : « Viens ici, toi, s'écria-t-il en ouvrant son piano et fais-moi revivre les esprits endormis là ! » Cette séance ne fut pas la dernière, deux ans avant la mort de Gœthe, il y en eut une troisième pendant laquelle l'auteur de *Faust*, comme jadis chez l'organiste de Barca, voulut entendre les divers répertoires dans leur ordre chronologique. Une lettre de Mendelssohn à ses parents mentionne en détail cet épisode : « Tous les après-midi, je lui joue des œuvres de maître, dont je dois ensuite lui faire l'historique ; immobile dans son fauteuil, le « Jupiter tonnant » me regarde avec ses vieux yeux ; comme il ne me demandait rien de Beethoven, j'ai voulu de mon plein gré, lui jouer le premier morceau de la symphonie en *ut mineur*, l'effet produit fut très singulier, il me dit : cela ne m'émeut pas, cela m'étonne, c'est grandiose. » Mendelssohn se rendait en Italie, et quelques jours après quand il eut quitté Weimar, Gœthe s'étudiant, se commentant et se récapitulant à son ordinaire, écrit à Zelter : « Sa présence m'a

satisfait en me prouvant que mes relations avec
la musique n'ont pas varié ; elle me charme,
m'intéresse et me donne matière à réfléchir.
J'aime à l'entendre et à la suivre dans l'histoire
de ses évolutions ; comment jamais comprendre
un phénomène si on n'a sondé le secret de ses
origines et de sa marche en avant ? Ce qui m'a
ravi c'est de voir comment Félix déjà possède à
fond le sentiment de la gradation, admirablement servi qu'il est d'ailleurs par sa mémoire
toujours prête à lui fournir à point nommé
l'argument topique. Il m'a conduit ainsi de
Bach à Gluck, à Mayda, à Mozart, faisant revivre à mes yeux chaque époque, et mêlant à sa
leçon des exemples choisis, tantôt parmi les pro-
ductions de nos grands techniciens modernes,
tantôt parmi les siennes propres. »

Cette jouissance dont parle Gœthe, l'une des
plus nobles que l'intelligence puisse éprouver,
combien d'entre nous l'ont goûtée dans les tête-à-
tête où le maître et le dilettante se réunissent
sous l'invocation de l'art divin qui les passionne ;
l'un joue au hasard de sa pensée, l'autre
écoute ; tous les deux songent à la fois, chacun
y va de son idée, de sa fantaisie, de son génie,
et des heures s'écouleront ainsi qui compteront

dans notre existence. Pas n'est besoin d'être
l'auteur de *Faust* pour recevoir l'*ictus*, pas n'est
besoin pour le donner d'être Félix Mendelssohn,
des deux côtés, une âme musicale, des deux
parts, une grande mémoire, cela suffit. Un
Mendelssohn qui improvise au piano, un Gœthe
assis à côté qui médite, voilà pour le tableau,
pour le symbole ; mais chaque jour la commu-
nion se renouvelle, et sans être des Gœthe,
nous avons tous eu dans l'occasion notre Mendelssohn pour nous intéresser, nous émouvoir
et nous provoquer à réfléchir, à raisonner en
proportion de nos capacités.

Gœthe n'aimait point Beethoven ou du moins
il ne le goûtait qu'avec réserve ; plusieurs par-
tent de là pour lui dénier le sens musical, c'est
un tort. Il faut faire réflexion qu'il y a cinquante
ou soixante ans, les choses n'étaient point ce
qu'elles sont aujourd'hui ; interrogez la *Gazette
musicale universelle de Leipzig*, oracle du moment, compulsez ses numéros de la fin du siècle
dernier et des trente premières années de celui-
ci, vous serez stupéfait de la manière dont les
œuvres de Beethoven furent accueillies à leur
naissance : tantôt, c'est l'idée qui manque, tantôt
c'est la forme, point de naturel, point de chant,

s'il voulait seulement être moins obscur, moins
bizarre, se châtier, faire comme les autres !
Ainsi furent jugées et « recensées » les sonates
pour piano, O p. 10, et celles pour violon O p. 12.
Plus tard à propos de *Fidelio*, même rabroue-
ment, sinon pire : absence totale d'invention,
rien dans les voix, ni dans l'orchestre, des
chœurs qui « n'ont produit aucun effet » aucun
effet les sublimités du grand finale, *ô tempora !*
taisons-nous sur la neuvième symphonie
« aberration d'un musicien devenu complètement sourd ». Quand les hauts critiques
tenaient ce langage, comment s'étonner que
Gœthe, un simple penseur, eût des scrupules.
Nous verrons plus loin de quelles préoccupa-
tions extra-musicales se compliquaient ses
scrupules d'ailleurs fort explicables par la seule
nature des choses. « Gœthe est un homme du
XVIIIᵉ, me disait un jour Cousin (1), Beethoven

---

(1) J'ai noté l'heure et le lieu, c'était un soir d'été, nous
nous promenions dans les petits jardins du Luxembourg,
et sa brillante imagination, très en verve, s'amusait à
faire l'école buissonnière au pays de l'orthodoxie. Il
cathéchisait sur la vie et sur la mort de certains personnages du grand règne, louant le calme de leur fin que
seule peut donner la religion. — « Et la mort de Gœthe,

est plus. Tout précurseur a, comme Janus double
tête, il regarde en arrière et en avant, finit et
commence. Dante clôt le moyen-âge et prophé-
tise la renaissance, Shakespeare termine la
renaissance et ouvre l'ère moderne, ainsi de
Beethoven, homme du passé par ses attaches
avec Haydn et Mozart, et de l'avenir par sa
seconde vue, le dernier de l'âge classique, et
l'avant-coureur, le fondateur du romantisme.
Beethoven devançait son siècle à pas de géant,
et ce que des musiciens comme Spohr, comme
Charles-Marie de Weber n'envisageaient encore
qu'avec une certaine horreur, pouvait sembler
obscur à des laïques, même doués et compé-

lui répliquai-je, saisissant une pause entre deux éléva-
tions, la mort de Gœthe qu'en faites-vous? La jugez-vous
moins calme, moins sereine et moins reconciliée?
— « Non pas, mais songez que Gœthe était un homme
du xviiie siècle » — C'est justement ce que je voulais
vous faire dire et ne pourrais-je pas, à mon tour, vous
répondre que Bossuet et Racine étaient des hommes d'un
siècle de foi, et qu'en mourant chrétiennement ils obéis-
saient à l'influence atmosphérique comme ce Pérugin qui
fut dans sa vie joyeux compagnon et dans sa peinture un
si béat objet d'édification pour les belles âmes, et alors,
de fil en aiguille, où allons-nous? Que devient ce fameux
libre arbître ?

tents. Gœthe est un classique, un lumineux,
Beethoven est un orageux.

« Cela seul expliquerait, ne disons pas l'éloi-
gnement, mais l'étonnement, toutefois, s'il lui
arrive de se méprendre sur Beethoven dont le
côté démoniaque l'effarouche un peu, de quel
style il glorifie Bach ! revenant dans une de ses
lettres à ses impressions musicales, remuant et
fouillant les souvenirs de ces heures de solitude où son organiste de Barca l'aidait à pénétrer
au plus profond de l'œuvre du maître ! « C'est
là, écrit-il à Zelter, là, qu'en pleine quiétude,
loin des bruits du monde et de ses distractions,
j'eus la révélation de ce colosse. Il me semblait
entendre au sein de l'Etre, l'harmonie éter-
nelle : Dieu s'entretenant avec lui-même avant
la création. Comment cela me saisissait, me ra-
vissait, entrait en moi, je n'en sais rien, ce n'é-
tait point par l'ouïe, encore moins par la vue,
ni par aucun autre de mes sens dont il me semblait d'ailleurs n'avoir plus besoin ». On n'imagine pas une définition plus juste du génie de
Bach en son infini de sublime et d'abstrait. Mozart également l'attirait au double point de vue
de la symphonie et de la scène. Poète dramatique, intendant du théâtre de Weimar, tout con-

tribuait à la sympathie. Schiller, dilettante
moins parfait et qui ne s'occupe des questions
musicales qu'en tant qu'elles touchent à sa dramaturgie, lui écrit : « De même que la tragédie
est sortie des chœurs des anciennes fêtes de
Bacchus, il pourra bien se faire qu'elle se régé-
nère par l'Opéra, aussi, ai-je grande confiance
de ce côté. »

Et Gœthe répond à Schiller : « Cet espoir que
vous mettez dans l'opéra, don Juan l'a réalisé
au degré le plus haut, mais je crains que Mozart étant mort, ce chef-d'œuvre ne reste isolé.»
Singulière anomalie, qu'un homme qui voyait
si juste ait pu se fourvoyer à ce point dans la
pratique car, il n'y a pas à dire, ses poèmes
d'opéra quand il en compose sont de véritables
opérettes : *Erwin et Elmire (Sandine de Villa-
bella, Jery et Betlly*, d'où Scribe et Adam ont
tiré le *Châlet*). On croirait qu'après nous avoir
tant prêché le royaume de Gluck, il voudrait à
son tour payer d'exemple ; nullement : il fait du
Berquin. S'il songe à Mozart, c'est pour com-
ploter une manière de supplément à la *Flûte
enchantée :* « le grand succès de la *Flûte enchantée* m'avait donné l'idée d'en reproduire les personnages, me figurant que les directeurs, les

acteurs et le public seraient charmés de les revoir dans des situations nouvelles. » Gœthe avait de ces écarts de jugement, il était capable d'aller d'Homère à Viennet, d'admirer à la fois le poème de *don Juan* et celui *des deux Journées;* c'est là, chez lui, une infirmité qu'on a eu tort d'attribuer à l'étroitesse de son existence et qui d'ailleurs n'avait rien de climatologique attendu que bien des gens nés sur l'asphalte du boulevard en sont affligés, à ne citer que M. Prudhomme, type du genre. J'ignore ce que Gœthe eût gagné à venir vivre à Paris comme Napoléon le lui conseillait, mais, je me rends compte de ce que sa pensée aurait perdu de recueillement dans le bruit de la grande ville. Gœthe est un génie aphoristique, il parle beaucoup par oracles, et qui s'exprime ainsi, prête au ridicule; ceux que sa grandeur ennuie l'appellent « Jupiter pluvius. »

Jupiter pluvius, Jupiter tonnant, il y a de l'un et de l'autre; mais, au total, c'est l'autre qui l'emporte; je veux vous dire celui que nous venons de voir mesurer en quatre mots la profondeur du génie de Bach et dont les aphorismes ont parfois l'ordre immuable et la fixité de ses lois de la nature qu'ils nous révèlent.

C'est dans ses *Maximes et réflexions* et surtout dans ses ballades comme le *Roi de Thulé*,
Mignon, le *Roi des Aulnes*, etc., qu'il faut chercher le sens musical de Gœthe. Ses essais de
librettiste ne comptent pas, réduit qu'il est aux
modestes ressources de son théâtre de Weimar,
et forcé d'obéir au petit goût régnant dont il se
plaint : « Notre opéra se mourait d'inanition
rien que des ariettes et des duos, rarement, on
allait jusqu'aux trios, lorsqu'enfin, parut Mozart qui, du premier coup, avec l'*Enlèvement
au sérail*, renversa toutes les barrières. » Ainsi
qu'il arrive fréquemment, le succès ne vint pas
d'où on l'attendait, il fut dans les vers lyriques,
dans les *lieds*, véritables points de jonction aux
merveilles de sentiment et d'art que la musique
pénètre comme un gaz pour les lancer vers les
étoiles. Les mots déjà sont une mélodie, formant
des rythmes, la période nombreuse, harmo-
nieuse, bat des ailes, prête à s'envoler. C'est la
coupe strophique du chant populaire dédaignée
des maîtres classiques dans leurs ariosos et
leurs cantates, où le détail, la mise en scène,
bref ce que nous appelons aujourd'hui, la couleur locale, tiennent si peu de place. Schubert
lui-même pratiqua d'abord telle méthode et ne

se rangea que plus tard au style particulier du
lied de Gœthe qui, soit dit en passant, n'eut
pour premiers vulgarisateurs que des musiciens
secondaires, des naïfs : Reichardt, Ludwig,
Berger, et cet excellent Zelter le musicien de
la maison. Schubert, emporté par le vol de sa
mélodie, fut longtemps sans pouvoir s'assujettir
à la symétrique architecture de cette poésie,
ensemble à la fois et détail, où chaque mot représente une note, où le musicien, quand il
chante, doit se souvenir qu'il raconte, et encore
dans cet art d'identification et d'imprégnation,
Schubert n'égala-t-il jamais Schumann. Son
Roi des Aulnes si mouvementé, si coloré, si
splendide, est surtout un morceau de concert,
cela crève de virtuosité ; tandis que d'autres
moins doués, moins fameux, Lœwe, par exemple, ont serré le texte de plus près, et qui sait?
là serait peut-être le secret du silence de Gœthe
à l'égard de ce chef-d'œuvre. Schubert le lui
avait envoyé et n'en reçut jamais de réponse.
Etait-ce que Gœthe désapprouvait la chose ou
n'est-ce pas plutôt qu'il l'ignora au milieu des
innombrables tributs de ce genre dont l'Allemagne et l'Europe l'accablaient. On n'a point
manqué d'accuser Gœthe à ce propos et d'ajou-

ter un verset de plus à la légende, hélas ! déjà si
douloureuse du pauvre grand artiste, toujours
est-il, qu'en 1830, la Schrœder Devrient, passant à Weimar, y chanta le *Roi des Aulnes* et
que le vieux Gœthe lui fit ce compliment de
nature à ne nous laisser aucun doute : « Je con-
naissais ce morceau pour l'avoir entendu jadis
une fois, et j'avoue qu'il m'avait alors déplu ;
mais la manière dont vous l'interprétez me
persuade, vous venez de me rendre le tableau. »
Un jour, comme le directeur de l'Opéra nous
demandait un sujet de ballet, nous lui répon-
dîmes : « Faites le *Roi des Aulnes!* » il ouvrit
aussitôt de grands yeux et mû par son instinct
artiste, il s'écria d'un bond : « Le *Roi des Aulnes*, quelle affiche ! » il va sans dire que nous en
restâmes là.

Règle générale, quand vous causez avec un
directeur, ne mettez jamais en avant la poésie
que pour l'amorcer ; son premier mouvement
sera de s'y laisser prendre, puis, comme c'est
le bon, il s'en défiera.

On y viendra pourtant et les ballades de Gœthe seront pour l'opéra, le ballet et la féerie, ce
qu'elles ont été pour l'inspection mélodique
des Schubert et des Schumann, une source iné-

puisable de ravitaillement. Voulez-vous savoir
le mérite d'une œuvre, étudiez-la dans ses dérivés, dans son influence sur les autres arts.
Après Shakespeare, Gœthe est le Maître dont les
créations se sont le plus repercutées dans l'uni-
vers, ce qui nous semble un argument auquel on
ferait peut-être bien de réfléchir avant de s'inscrire en faux contre sa gloire d'inventeur, que
de peinture est sortie de lui, que de musique,
inutile d'ajouter, que de littérature ! Jusqu'à
des monographies sur la moindre de ses ballades. Celle du *Roi de Thulé* qui nous valut
jadis un opéra en deux actes, d'ailleurs assez
médiocre, vient encore de fournir chez nous
matière à toute une savante étude de critique
littéraire et musicale. Savante ! On devait s'y
attendre, l'auteur étant docteur ès-lettres et de
plus chanoine honoraire de la cathédrale de
Bordeaux, mais c'est qu'elle est aussi fort amusante et voilà l'original. Rester grave et sévère
en un tel sujet, on le pouvait rigoureusement à
condition de ne nous parler que de Sénèque, de
Pline, de Ptolémée et de Strabon: *Ultima Thule*,
il y avait pour le tirer d'affaire le point de vue
archéologique, historique, philosophique et
grammatical, on eût de la sorte éludé l'embar-

ras, l'auteur a fait plus bravement, au lieu d'é-
puiser tous ses thèmes, il se contente de les
effleurer et va droit à la femme, intérêt du sujet
et son danger pour un homme d'église ; « plus
que personne Gœthe comprenait les mœurs populaires, il se plaisait à les reproduire ; Claire
dans *Egmont,* Marguerite dans *Faust,* et d'autres encore, tout le monde sait à quel moment
précis du drame intervient la ballade. Marguerite a rencontré le docteur Faust au sortir de
l'Église et depuis, son souvenir la poursuit et
l'obsède. Elle ignore toujours l'inappréciable
valeur du trésor qu'elle garde en elle-même,
l'innocence, mais déjà dans son âme s'éveillent
des sentiments inconnus et qui portent à la
rêverie. Avec quoi va-t-elle entretenir son
cœur?... A l'aide d'une vieille ballade; il faut du
romanesque à toute âme en qui un sentiment
profond vient soudain mettre en jeu les éléments
de poésie et d'action qu'elle porte endormis...
entendez Marguerite dire d'une façon distraite
cette admirable ballade, et voyez comme au
travers du récit, elle laisse déjà pressentir bien
que faisant effort pour le garder, ce secret qui
l'oppresse et qui est vaste et profond comme
l'abîme.

Il était un roi dans Thulé,
Fort tendre et jamais consolé,
A qui sa belle en trépassant,
D'une coupe d'or fit présent.
Rien ne valait ce trésor-là
Il s'en servait à tout gala,
Et chaque fois qu'il le vidait,
Son œil de larme débordait.
Lorsque sonna l'heure suprême
Il compta ses villes lui-même,
A son héritier s'il vous plaît,
Laissant tout, hors le gobelet.
Pour mieux fêter sa fin de règne,
Dans son château que la mer baigne,
Sous la grande voûte aux noirs piliers,
Il rassembla ses chevaliers,
S'étant levé le vieux compère
Lampa sa rasade dernière.
Et dans les flots, de son plein gré
Lança le gobelet sacré.
Il le vit, ce glorieux maître,
Plonger au gouffre et disparaître
Ferma ses yeux, touchant le but,
Et plus une goutte il ne but.

On peut admettre que cette ballade ne fut
d'abord qu'une poésie détachée, un simple lied
écrit sans autre préoccupation que la composition de l'œuvre pour elle-même, et qui, dans la
pensée de Gœthe, n'avait encore aucune desti-

nation, telle est du moins l'opinion du Chanoine de Bordeaux, quoique *Faust* ait été commencé dès 1770. « Contemporain des premières scènes de Faust, ce lied se rattache au surplus par la date de sa composition comme par le fond des idées aux mêmes études du cœur que *Werther*, mais l'étude est infiniment moins passionnée et je n'y trouve rien, Dieu merci, de la casuistique subtile et recherchée qui domine dans les pages du roman. Je ne vois donc là qu'une âme qui chante, une âme, il est vrai, qui a vécu, qui a souffert, mais de qui la douleur, outre qu'elle n'est plus à l'état de crise, s'épanche maintenant avec la retenue et la dignité qui la rendent touchante et sympathique. »

La fidélité en amour jusques à la mort, voilà le tableau ; peinture de maître dans un cadre étroit. Ces vers, qu'on croirait d'un homme ayant passé par les épreuves de la vie, Gœthe avait vingt-cinq ans, lorsqu'un soir d'été il les lut à Cologne à quelques amis. Avons-nous besoin de faire remarquer cette concentration d'émotion ; aucun soin de l'effet à produire, pas un cri, pas un soupir, dans une page où les apostrophes et les invocations violentes sembleraient indiquées ; le cachet achevé et l'allure

naïve des chants populaires, ce que M. James
Condamin a très nettement relevé. « C'est qu'en
effet le lied du *Roi de Thulé* n'est pas autre
chose qu'un chant populaire ; tandis qu'aux
yeux des connaisseurs la perfection du morceau
trahit l'œuvre d'art, rien n'est omis des traits
propres à ces poésies primitives transmises par
la tradition populaire, objectivité, calme, caractère inexpressif et sévèrement narratif de l'auteur populaire ne songeant qu'à rapporter le
fait sans préoccupation de communiquer ses
impressions personnelles. Le poète n'a cure ni
des développements qui manquent, ni de l'absence de transition, il ne touche au sujet que
pour en faire le modèle accompli de ce que les
Allemands appellent le naïf en poésie par opposition au subjectif et au sentimental. » Que
Gœthe, après avoir composé sa ballade sans in-
tention préconçue l'ait ensuite utilisée pour son
grand poème; quoi de plus naturel? Shakespeare
n'emploie-t-il pas à chaque instant ce procédé
dans ses drames de grande allure dont le sol est
jonché de fleurs lyriques? Travaillant donc à
son poème, Gœthe y coule comme dans un
moule de prix, le lied qui avait charmé ses
hôtes de Cologne pendant l'été de 1774. Margue-

rite est un enfant du peuple ; toute éducation quand elle ne lui vient pas de l'église, lui vient des chansons traditionnelles répétées par les fileuses de rouet sur le pas des portes ou l'hiver au coin du foyer, il faut du romanesque à toute âme en qui un sentiment soudain met en jeu les éléments de poésie et d'action qu'elle porte à l'état latent. Ce romanesque, où le trouver sinon dans la littérature, nature simple et primitive. Marguerite s'adresse à la fiction populaire ; elle chante le *Roi de Thulé ;* quoi de plus naturel ? La tradition des peuples ne connaît et ne s'approprie que la poésie qui se chante ; je vais plus loin, cette poésie ne peut être exprimée et rendue dans toute sa force que si elle appelle la musique à son aide, de là, chez les musiciens une émulation infatigable à traduire dans leur langue les lieds de Gœthe et en particulier le *Roi de Thulé ;* tous s'y sont appliqués. Beethoven, on le sait, faisait le plus grand cas des *poésies lyriques,* « elles exercent sur moi, disait-il, une puissante influence, non pas simplement par ce qu'elles contiennent, mais par la cadence et l'harmonie des paroles ; je me sens inspiré et poussé à composer par cette langue dont il semble que des esprits aient ordonné la merveilleuse architecture et qui porte déjà en soi le secret des harmonies. » Singulier caprice du destin ! dans ce concours ouvert dès l'origine et qui se poursuit jusque sous nos yeux, la chanson que l'avenir primera ne sera point celle du plus illustre ; tous ont bien mérité :

Vitula tu dignus e; hic ...

Mais entre Schubert, Schumann, Berlioz et Zelter, c'est ce dernier que la voix populaire adoptera, c'est sa mélodie honnête et simple qui figure aujourd'hui encore dans les recueils des étudiants allemands et qu'ils chantent en chœur dans leurs *kneipen*. Loin de distraire l'attention de l'histoire racontée par le poète, elle vous la rend plus vivante et si d'autres ont excellé dans le morceau d'art, il pourrait bien se faire que le naïf, le primitif Zelter eût trouvé la vraie note sans y penser.

Une bonne histoire du lied nous manque en France, non que le sujet n'ait tenté personne, mais il y faudrait pour réussir, cette double compétence très fréquente parmi les Allemands et que chez nous peu de gens possèdent, j'entends, la rencontre simultanée du sens littéraire

et musical. A mesure que l'étude des langues
commence à se répandre, l'information, naturellement, gagne du terrain, mais seulement du
côté littéraire et ce n'est point assez d'être un
parfait normalien pour traiter la question sous
ses deux aspects, l'auteur de l'essai dont nous
parlons ne se contente pas d'être docteur ès-lettres, il sait la musique et il la sent ; il comprend
aussi les poètes et quand il parle d'eux c'est en
homme ayant voyagé au pays du bleu et non
en rhétoricien épluchant une strophe. Au cas
où M. James Condamia ignorerait l'ouvrage de
Reissmann, je le lui signale ; tout livre de ce genre
viendrait combler une lacune que cet *Essai sur le
Roi de Thulé* nous ferait d'ailleurs perdre de vue
pour un moment. Le travail est intéressant, j'y
voudrais cependant plus de critique et parfois
aussi moins de zèle pour la sainte cause des
amis. Comment par exemple concilier ce que
l'auteur écrit de Liszt avec ce qu'il nous a dit
de Zelter quelques pages plus haut ? Zelter, la
concision, presque la sécheresse, le mot à mot
pur et simple, Liszt, l'interprétation amphigou-
rique et le pathos, louer en même temps les
deux, semble impossible, il n'importe, on passe
en outre à la contradiction et bientôt même on

ira jusqu'à sacrifier un maître tel que Schumann à des préjugés d'école et peut-être de clo-
cher. « Si vous voulez comprendre toute la différence qui sépare un travail écrit sans verve
d'une pièce d'inspiration rapprochez du lied de
Schumann celui de Franz Liszt, en face d'une
peinture incolore une toile magistrale, et de
grand prix; aucun raffinement, rien que de
naturel! Soudain à la phrase initiale d'une
coupe si heureuse succède une explosion de
sonorités puissantes : c'est le vieux roi qui passe
escorté de ses hérauts d'armes et qui une dernière fois va dans la grande salle s'asseoir avec
ses chevaliers..... « Un cortège qui défile », des
trompettes qui sonnent, que de bruit pour une
chanson, et comme si ce n'était point assez d'admirer tout ce beau spectacle et de s'en amuser ;
l'auteur prétend encore qu'on l'étudie, qu'on
l'analyse et le suive à travers toutes les singu-
larités de la notation : « Voilà certes de la musique savante ; mais étudiez-la de près ; livrez-
vous à un travail d'analyse, et, si j'ose dire, de
dissection...» Eh bien, non, ce serait acheter trop
cher le plaisir! Il faut cependant pourtant qu'il y
ait quelque proportion entre la peine que je me
donne pour éplucher la noix et la jouissance que

je trouve à la déguster, le surnaturel de l'Apollon du Belvédère lui vient, comme on sait, de la longueur des hanches et des jambes ; un certain esclavage de la ligne et de la mesure mène au poncif, en conclurons-nous que l'on doive enjamber les montagnes et se déhancher pour avoir l'air d'un Apollon ? Liszt avec son insupportable manie de toucher à tout, confus, diffus, dégingandé, même en puissance de génie, me représente ce temple de Ségeste que Gœthe a décrit d'un si fier style en son *Voyage en Italie :* « Une richesse, une fécondité lamentables, des constructions partout et pas un coin où se fourrer, des nuées de papillons voletant sur des chardons en fleur, de grandes herbes de l'autre année séchées sur pied, mais si touffues, si vivaces, qu'on se croirait dans une pépinière ; et le vent qui soufflait comme en plein bois dans les colonnes, et les chats-huants qui hululaient en se trémoussant des ailes au-dessus des poutres ! »

La musique ajoute au sentiment quelque chose que la parole ne saurait exprimer, ce qui faisait dire à Gœthe qu'elle commence là où s'arrête la parole, et ce que Schubert avait merveilleusement compris d'intuition Schumann et

Mendelssohn venus après lui, ont élargi le cadre ; s'ils ont moins d'idées, ils ont déjà plus
de système ; mais pour bien juger de l'expérience et la voir dans son plein, il nous faut
attendre Beethoven ; les hommes comme celui-
là trouvent leur place dans tous les partages de
l'esprit humain, les entr'actes d'*Egmont* sont la
première épreuve de l'estampe arrivée à sa perfection. Suivez la progression depuis Schubert;
ce n'est plus la chanson du *Roi de Thulé*, c'est
la tragédie historique, le théâtre. Consommer
cette union des deux arts en laissant à chacun
son entière liberté d'allure, Meyerbeer, dans sa
dernière partition, restée inédite, s'était pro-
posé cet idéal ; « les vieilles formes s'usent,
disait-il, l'opéra en cinq actes n'est plus de saison, le public attend un *nescio quid,* supposons
que cet inconnu soit le mélodrame, pourquoi
pas ? J'entends, une vraie partition dans un
vrai drame, les deux éléments se portant au secours l'un de l'autre sans frissonner, bref la
réalisation du mot de Gœthe : « où la parole
s'arrête, la musique commence », et pour mieux
affirmer son esthétique, il avait voulu que Gœthe fût le héros du drame : aucun poète, pen-
sait-il, n'a fourni plus de textes et de situations

à la musique ; son œuvre est un immense répertoire où tous y ont fouillé sans l'épuiser.
Schubert et Mendelssohn dans les ballades,
Schumann dans Faust, Beethoven dans *Egmont*
et le rêve de Meyerbeer était de récapituler ses
divers efforts dans une sorte de mélodrame où
l'on verrait le poète vivre son œuvre. Ce rêve
fut réalisé, l'œuvre existe telle qu'elle devait
naître d'un pareil cerveau et grosse de toutes
les idées musicales qui sont dans Gœthe, mais
c'est Berlin qui la possède, et pour n'en rien
faire.

L'*Egmont* de Beethoven eut au moins la chance
d'émouvoir Gœthe ; lui, resté insensible à la sonate fantaisie, comme à l'andante de la symphonie en ut mineur exécutés au piano se prit aussitôt d'enthousiasme : Beethoven a fait là un
miracle, c'est une idée de génie que cette intervention de la musique dans le dialogue ! Voilà
certes un applaudissement qui ne s'accorde
guère avec ce que nous avons vu lors de la visite
de Mendelssohn et du séjour à Berka. Il est
vrai que cette fois il s'agit d'*Egmont* et qu'il
lui revient une part dans la symphonie :

> La meilleure raison est que j'en suis l'auteur.

La question personnelle marque ici le pas ;

mais pour en avoir le cœur net, remontons de
quelques années le cours des temps, prenons
les deux grands hommes à l'époque de leur
rencontre à Teflitz en 1812, et peut-être nous
rendrons-nous mieux compte d'un phénomène
très fréquent, à savoir, l'action que la présence
de l'individu exerce sur le plus ou moins d'intérêt que ses œuvres nous inspirent. Avant de
s'être jamais vus, ils s'étaient connus déjà par
l'intermédiaire de cette folle de Beltina, qui
tantôt donnait à Gœthe pour des lettres de
Beethoven, des morceaux de littérature qu'elle
fabriquait elle-même en partie, et tantôt prenait sous son bonnet d'adresser à Beethoven
des compliments et des invitations au nom de
Gœthe, d'où l'on peut conclure au désenchantement que celui-ci, mal renseigné sur la personne du musicien, ne manquait d'éprouver en
l'abordant. Il s'imaginait aller au devant d'un
héros et ce fut contre un sourd atrabilaire qu'il
se heurta, disgrâce énorme dont la musique de
Beethoven eut le contre-coup : « J'ai fait la connaissance de Beethoven, écrit-il à Zelter dès
son retour de Teflitz (2 septembre 1812), son
talent m'a étonné, mais quel intraitable personnage ! il a le monde en abomination et je ne

lui en veux pas de le trouver si odieux, bien
qu'à vrai dire, il ne s'évertue guère à l'embellir
pour les autres. Il faut pourtant l'excuser et le
plaindre à cause de son infirmité qui d'ailleurs
semble affecter le côté social de son être plus
encore que le côté musical, et le rend hypocon-
driaque, lui déjà laconique de sa nature. »

C'est dans l'œuvre du poète l'unique para-
graphe concernant l'auteur des symphonies et
ta raideur du ton devait en être signalée. Qu'à
Teflitz, dès la première entrevue, Beethoven se
soit aperçu de l'effet produit, et qu'il ait ensuite
répondu par un redoublement de brusquerie aux
remontrances comme aux silences de son for-
maliste interlocuteur, on le conçoit du reste.
Peu de gens ignorent l'anecdote de la promenade, aussi populaire en Allemagne que l'histoire du Meunier de Sans-souci, et que Grillparzer a mise en vers. Gœthe passait avec Beethoven, tout le monde saluait, quand le poète
témoigna sa mauvaise humeur de ces impor-
tunes marques de déférence. — « Que Votre
Excellence n'en ait cure, reprit alors le musicien, car c'est peut-être à moi qu'elles s'adres-
sent. » Un jour cependant Beethoven s'emporta,
il venait de jouer pour Gœthe et le maître-

poète ne sourcillait pas. Beethoven à cette attitude impassible et trouvant à la fin que c'était
abuser du « *si tacuisses philosophus mansis
ses.* » — « Eh quoi, Gœthe, pas un mot! s'écria-
t-il, l'âme déchirée, c'est vous qui m'infligez ici
de nouveau l'accueil glacial que j'ai reçu à Berlin! Vous devriez savoir pourtant quel bien
cela fait d'être applaudi par des mains intelli-
gentes, et si, vous, Gœthe, vous me reniez pour
votre égal, qui me reconnaîtra? » Il est hors de
doute que les façons abruptes de Beethoven,
son manque absolu d'urbanité avaient produit
une impression qui ne s'effaça plus. Mais si le
grand poète officiel de la cour de Weimar ne
pardonna jamais à la musique de Beethoven les
incongruités roturières de son auteur, Beethoven, moins étroit d'esprit et de cœur, eut bientôt fait d'oublier toute rancune. Il semblerait
même que son culte pour Gœthe n'en avait que
grandi par la suite. Un jour, en 1822, vers ses
dernières années, parlant avec un ami, M. Ro-
chlitz, de cette histoire de Teflitz : « Dieu sait,
dit-il, le temps qui s'est écoulé depuis notre
rencontre, je n'étais point alors aussi sourd
qu'à présent, mais j'avais déjà l'oreille cruellement dure, et quand je songe à ce qu'il a fallu

de patience à ce grand homme pour me supporter! » Et nous qui lisons ces mots si touchants
prononcés à distance; que de magnanimité, pour-
rions-nous à notre tour nous écrier, que d'apaisement! Mais en 1822, dix ans avaient passé
sur le froissement, amorti la blessure, tandis
que dès le lendemain du retour de Teflitz, tout
confus encore, tout meurtri, nous le voyons se
répandre en éloges, brave homme qui vient de
recevoir un affront et qui rend des actions de
grâce! « Dès que j'ai le temps de lire, je lis
Gœthe ; il m'a tué Klopstock, Klopstock le
maestoso à perpétuité ! il n'en finit pas de mourir, mais Gœthe, c'est la vie, musiciens, tous
tant que nous sommes, vivons avec lui, car nul
ne facilite mieux sa tâche au compositeur, *per-*
sonne comme Gœthe ne se laisse mettre en musi-
que. » C'est le mot, et c'est Beethoven qui l'a dit.
Les poèmes de Gœthe, grands et petits drames,
ballades, simples lieds, sont et seront toujours
pour la musique un répertoire inépuisable. S'il
fut un connaisseur peccable il reste un inspira-
teur hors de pair. A ce compte bien des erreurs
devront lui être pardonnées, telle entre autres,
la plus grave, d'avoir passé à côté de Beethoven sans le comprendre.

. Les grandes personnalités engendrent les mythologies, il s'est formé autour de Gœthe comme autour de Beethoven un cycle de légendes qui nous représentent l'un comme inaccessible aux conceptions humaines, l'autre comme un lutteur symbolique en antagonisme avec le monde entier, hérissé, bourru, mécontent de tout, impraticable et sourd par dessus le marché. Pareille infirmité chez un tel génie, sourd, lui, le dieu des sons, que pourrait la fable inventer de plus tragique et la légende se trouve être la vérité ; le destin aveugle a voulu que Beethoven fût sourd ! N'exagérons rien cependant car les mythes quand on les transporte dans la vie réelle font des caricatures, ramenons les choses à leurs proportions et sortons des légendes passées à l'état de dogme. La vérité est pour Beethoven que nous le connaissons mieux que ses contemporains ne l'ont connu, et que, par conséquent, nous le plaçons plus haut. Quant à Gœthe, à titre de contemporain, il l'a jugé comme tout le monde, et pour le juger autrement il aurait fallu cette prescience de l'avenir qui nous force à lire entre les lignes et qu'à défaut des notions techniques nécessaires, une violente sympathie peut seule

donner. Or, Gœthe, très capable de raisonner
musique en philosophe, ne dépassait point sur
ce sujet les idées de son temps ; distrait d'ailleurs par ses autres curiosités scientifiques, il
n'y aurait eu pour l'entraîner qu'un mouvement de sympathie, cette sympathie ne vint pas ;
bien au contraire, la présence de l'homme mit
en fuite les préventions favorables au musicien.

C'était fini ; Gœthe n'en parla plus ; à vingt
ans de distance (14 février 1831), voyant son
secrétaire Eckermann s'extasier sur la précocité de certains génies ; Mozart virtuose dès le
premier âge, Beethoven aussi : « C'est vrai,
répondit-il, mais Mozart demeure un prodige » !
Et de Beethoven, pas un mot. Gœthe emploie
rarement l'ironie, et n'écrit jamais de mal de
personne, il met tout dans la réticence et c'est
à peine si le nom de Beethoven est prononce
trois fois dans ses œuvres, concluez.

II

LA GENÈSE D'UN CHEF-D'ŒUVRE

GŒTHE ET FAUST

« Ce nom de Faust, quelle place ne tient-il pas dans l'histoire de l'esprit moderne ! A partir du xvᵉ siècle, de quelque côté que votre curiosité se tourne, vous le retrouverez partout. De ces cinq lettres assemblées par le doigt du destin sur un échiquier, des montagnes d'œuvres sont sorties : récits populaires, drames, compilations littéraires et musicales, dessins, gravures et tableaux. Les bibliothèques, les musées, les salles de spectale, ce nom a tout rempli, à ce point que voilà un héros légendaire qui, si je m'en rapporte au catalogue des choses qu'il a suscitées, a déjà plus occupé le génie humain que n'ont fait les plus authentiques personnages de l'histoire. » Ces lignes, que nous impri-

mions ici même en 1869 (1) nous reviennent
aujourd'hui citées dans la préface de l'édition
de M. de Lœper, la plus complète que l'Allemagne ait donnée du poème de Gœthe (2) et
prouvent du moins que nous ne nous trompions
pas quand nous prédisions il y a dix ans une
infinité d'évolutions à cette science nouvelle
qui partout en Europe comme en Amérique va
se propageant autour de *Faust*. *La Divine Comédie* fut ainsi au moyen-âge une sorte de ruche
universelle ; il fallait que le monde moderne
eût la sienne ; et les abeilles s'y sont mises pour
ne plus chômer. Inaugurée en Allemagne de
1818 à 1824 par les Schubarth, les Göschel, les
Daub, les Hinrichs, en France par Mme de
Staël, en Angleterre par Carlyle, la période des
études et commentaires ne devait plus faire que
croître et que grandir. Soixante ans se sont
écoulés, et le public en est encore à prononcer
son *claudite jam rivos*, les prés n'ayant appa-
remment point assez bu, et certaines œuvres
étant douées d'une faculté kaléidoscopique pour

1. Voyez la *Revue* du 15 mars 1869.

2. *Faust, eine Tragodie von Gœthe, mit Einleitung und
erlduternden Anmerkungen,* von G. von Lœper ; Berlin,
1879, Erster Theil, p. XLIV.

intéresser diversement chaque génération. Sur
l'Iliade, sur *la Divine Comédie*, sur *Hamlet,* qui
se vantera jamais d'avoir dit le dernier mot?
C'est le tonneau des Danaïdes ; nul ne l'emplit,
on le sait, et d'autant plus on y retourne. Les
récents écrits des deux Vischer (Kuno et Frédéric), des Julian Schmidt, les *Leçons* d'Herman
Grimm, cette édition de M. de Lœper, quel re-
nouveau pour la discussion, surtout si vous y
ajoutez ces traductions sans nombre en portu-
gais, en flamand, en hébreu (1), ces éditions
successives toujours accompagnées de notes et
d'arguments explicatifs, ces reproductions par
le théâtre, par les conférences, en un mot, tout
cet ensemble de gloses, de recherches, d'élucu-
brations tant en prose qu'en vers, formant une
littérature à part !

I

Qui nomme Gœthe, dit Faust : c'est l'œuvre-
type dont un reflet colore les autres créations
plus ou moins pâlissantes, et qui, pareille à
Moïse, traînant après soi le peuple juif dans la

1. Par le docteur Letteris (1864) et très réussie au dire
des hébraïsans. Voir Lœper, p. XLIII de son Introduction.

Mer-Rouge, leur fera traverser à toutes l'océan
de l'oubli. Faust et Méphistophélès ont désormais pour nous un sens pratique ; ces figures
émancipées et de l'auteur qui les créa et du
pays qui les vit naître, se mêlent au mouvement cosmopolite et trouvent réplique à toutes
les questions de notre siècle. C'est que les types
façonnés de main d'homme ne se naturalisent
qu'à ce prix ; il leur faut à la fois répondre aux
conditions de l'idéal et satisfaire aux besoins
du ménage, avoir l'universel et le particulier,
être hors de nous et chez nous. La fiction doit
pouvoir supporter l'épreuve de la vie commune ; on se la représente intervenant dans
nos affaires, s'immisçant dans nos controverses.
Parmi ces êtres nés de l'imagination, Faust est
le dernier en date; aucun ne nous touche de
plus près, et cependant que d'années écoulées
depuis qu'il fut conçu et mis à terme ! Gœthe,
en composant son chef-d'œuvre, ignorait nos
mœurs contemporaines, et les générations qui
furent les premières à l'applaudir s'en doutaient encore moins; rien de cela n'empêche
que le personnage vive en pleine activité dans
notre monde d'aujourd'hui ; serait-il né d'hier,
qu'il ne s'y comporterait pas plus à l'aise. Nous

voyons aujourd'hui dans *Faust* bien des choses
que les générations d'il y a cinquante ans n'y
ont point vues, et qui pourrait prédire ce que
les générations à venir y découvriront à leur
tour et quels nouveaux commentaires ne susci-
tera pas ce personnage lorsqu'après cinq ou six
cents ans il sera parlé de lui comme nous parlons des héros d'Homère, lesquels vivent depuis trois mille ans ? Et comme il sera de tous
les siècles, *Faust* est déjà de toutes les langues ;
on le traduit et le retraduit à chaque heure :
versions anglaises et françaises, italiennes et
scandinaves ; on le met en peinture, en musique ; quelques-uns de ses proverbes sortent des
entrailles même de l'humanité : « Elle n'est
pas la première ! « s'écrie Méphistophélès en
ricanant de la chute de Marguerite, et le drame
est plein de pareils mots, des scènes entières
sont écrites ainsi dans le marbre ; la scène de
la prison par exemple : du Shakespeare en style
lapidaire. « Il semble que *Faust* soit du domaine
universel, et qu'il ait cessé d'appartenir à l'Allemagne pour devenir l'héritage du genre humain (1). » Rien de plus vrai que cette asser-

1. *Gœthe*, von Herman Grimm: Berlin, 1877.

tion d'un éminent critique à propos de ces éternels remaniements, de ces transpositions d'un art dans l'autre, — opéras et tableaux, — et de ces traductions, — supplice de Tantale, — toujours reprises, toujours revues et corrigées par leurs auteurs dans le sentiment de leur impuissance à rendre les beautés du texte.

Nous savons tous de quelle manière travaillait Goethe : « Poésie est délivrance, » disait-il, tout son secret est dans cette expression. Gœthe ne prétend instruire ni moraliser personne, son œuvre n'est jamais qu'un enfantement : il accouche de l'idée qu'il a conçue et qui probablement l'étoufferait s'il ne s'en *délivrait*. Il va de lui-même à ses personnages, et réciproquement ses personnages nous ramènent à lui. Gœthe a beaucoup écrit sur son propre compte, il s'est en quelque sorte inventorié jusque dans les menus détails de son existence dont certains éléments se retrouvent chez ses divers héros. Seulement la plupart ne nous présentent d'ordinaire qu'un seul côté de l'être si ondoyant et si compliqué du poète, celui que Gœthe se proposait d'étudier pour le moment : en quoi presque toutes ses figures d'hommes sont fragmentaires. Vous n'en voyez jamais qu'un aspect, il leur manque le contour. Prenons Werther et Tasse, pour ne citer ici que deux exemples. Qu'étaient-ils ? comment vivaient-ils avant la catastrophe à laquelle le roman et la tragédie nous font assister ? Pour les amener à l'incroyable état nerveux où nous les surprenons, à cette crise décisive, il a fallu bien des circonstances extraordinairement irritantes et douloureuses, et c'est ce qu'on ne nous dit pas, et voulussions-nous les regarder comme des incarnations de Gœthe, nous n'en serions guère plus avancés, car Gœthe, en son particulier, était un homme, un homme d'énergie et de résolution, capable, entendons-nous de tenir tête à toutes les situations, d'affronter tous les assauts de la destinée, un homme de solide et vaillante constitution, ayant bon œil, bon pied, bon appétit et le reste. Et si Werther comme Tasse ne nous montrent que des natures mal équilibrées c'est que ces personnages, tout en étant faits à la ressemblance de Gœthe, ne nous livrent de lui qu'un seul côté ; Werther et Tasse n'ont de Gœthe qu'une moitié, celle que la lune éclaire d'un pâle rayon ; quant à l'autre, la moitié saine et agissante, ne la cherchez point en eux, Faust la leur a prise. Tasse, Werther, Egmont ne sont que simples

silhouettes, Faust seul est l'image vraie, il a sur
toutes les créations du maître je ne sais quel in-
déniable droit d'aînesse. Gœthe, à force de le
sentir là toujours présent, finira par avoir peur
de lui. Des années entières s'écouleront pendant lesquelles le nécromant tiendra sa progé-
niture à l'écart ; puis il y reviendra, mais non
sans trouble et combattu, tiraillé, en même temps
par ses tendresses de père et par le saint effroi
du surnaturel, devant ce rejeton étrange qui,
sans cesse grandissant, serait déjà de taille à
faire la leçon aux universités réunies d'Athènes,
de Padoue et de Strasbourg :

Le bon sens du maraud quelquefois m'épouvante.

C'est une chose en effet très curieuse que cette
espèce de déférence dont use Gœthe à l'égard
de Faust. Quelque difficulté qu'il eût à se détacher de ses autres créations, encore finissait-
il après des hésitations, des retouches sans nombre par les émanciper tôt ou tard ; vis-à-vis de
Faust, rien de pareil. Impossible à lui de s'en
séparer ; il s'effraie et recule à la seule idée de
lui signer son exeat : toujours nouveaux délais,
nouveaux prétextes ; un moment, à l'époque du

voyage en Italie et d'une première publication
d'œuvres complètes, on dirait qu'il va se faire
violence ; il rajuste son manuscrit, met tout en
ordre et presque aussitôt se ravise. D'année en
année, sa crainte augmente. L'édition de 1790,
toute fragmentaire, devait pourtant marquer,
ne fût-ce qu'à titre de ballon d'essai. Vainement
Schiller, à cette occasion, redouble d'instances,
vainement il joint la remontrance aux prières ;
Gœthe, après s'être laissé toucher, reprend ses
doutes ; l'édition de 1808, qui fut pour le public
du temps une révélation, ne contenait elle-même aux yeux de Gœthe que des fragments.
Ainsi, peu à peu, s'implanta chez lui cette idée
d'un travail à la Pénélope dont l'achèvement
serait différé jusqu'à la mort. Car il est à supposer que, si Gœthe eût vécu d'avantage, l'œuvre
posthume que nous possédons aurait encore
subi bien des modifications. Quoi qu'il en soit,
le poème nous apparaît aujourd'hui en toute
harmonie et grandeur, et tel que nous le voyons
se pondérer, se compléter avec sa première et
sa seconde partie, son prologue et son épilogue,
tel l'imagination de Gœthe le conçut dès la première heure.

Une lettre à Guillaume de Humboldt nous

fournit là-dessus des explications d'autant plus
intéressantes qu'elle fut écrite par Gœthe cinq
jours avant sa mort (17 mars 1832) et peut ainsi
passer pour une sorte de testament philosophique et littéraire. Rien de plus simple à la fois
et de plus élevé que cette confession suprême
où vous respirez par moment ce solennel religieux dont le langage de Gœthe aime à s'envelopper. Vous croyez entendre la voix non d'un
mourant, mais d'un être ayant déjà quitté ce
monde et ne reprenant la parole que pour rendre un dernier compte de ses visées terrestres.
Ajoutons que Guillaume de Humboldt était ici
bien l'homme qu'il fallait. Les confidences ou
les confessions de ce genre empruntent d'ordinaire beaucoup de leur gravité au caractère
du personnage à qui elles sont faites. Qu'était-
ce en quatre mots que Guillaume de Humboldt? Le prince de la critique allemande au
temps de Schiller et de Gœthe, un philologue,
un savant, un poète, un de ces esprits possé-
dant des clartés de tout et qui, sans créer eux-
mêmes, ont mission de pousser et de maintenir
dans la bonne voie les esprits créateurs et le
public. Si les jugements fantasques de Schlegel,
le beau phraseur de cette période, n'ont pas

prévalu et, si d'autre part Schiller et Gœthe
sont allés jusqu'au bout de leur style, c'est à
Guillaume de Humboldt qu'on le doit. Cela dit,
voyons cette lettre du 17 mars 1832.

Gœthe s'examinant, s'analysant, étudie son
propre développement d'après la méthode
d'Aristote : « Les anciens, écrit-il, prétendaient
que les animaux sont instruits par leurs organes ; j'estime, moi, que le précepte s'applique
également aux hommes, lesquels ont en outre
cette supériorité de pouvoir à leur tour instruire leurs organes. Toute faculté d'agir et,
par conséquent, tout talent implique une force
instinctive agissant dans l'inconscience et dans
l'ignorance des règles dont le principe est pourtant en elle. Plus tôt un homme s'instruit, plus
tôt il apprend qu'il y a un métier, un art qui va
lui fournir les moyens d'atteindre au développement régulier de ses facultés naturelles et
plus cet homme est heureux. Ce qui lui vient
du dehors, ce qu'il acquiert, ne saurait jamais
nuire en quoi que ce soit à son individualité ori-
ginelle. Le génie par excellence est celui qui s'as-
simile tout, qui sait tout s'approprier sans préjudice pour son caractère inné. Ici se présentent
les divers rapports entre la conscience et l'incon-

science. Les organes de l'homme, par un travail
d'exercice, d'apprentissage, de réflexion per-
sistante et continue, par les résultats obtenus,
— heureux ou malheureux, — les mouvements
rétroactifs d'appel et de résistance, nos organes
amalgament, combinent inconsciemment ce qui
est instinct et ce qui est acquis, et de cet amal-
game, de cette combinaison, de cette chimie, à
la fois inconsciente et consciente, il résulte finalement un ensemble harmonique dont le monde
s'émerveille. Voici tantôt plus de soixante ans
que la conception de *Faust* m'est venue en pleine
jeunesse, parfaitement nette, distincte, toutes
les scènes se déroulant devant mes yeux dans
leur ordre de succession ; le plan depuis ce jour
ne m'a plus quitté et, vivant avec cette idée, je la
reprenais en détail et j'en composais tour à tour
les morceaux qui dans le moment m'intéres-
saient davantage, de telle sorte que quand cet
intérêt m'a fait défaut, il en est résulté des lacunes comme dans la seconde partie. La difficulté était là d'obtenir par force de volonté ce
qui ne s'obtient à vrai dire que par acte spontané de la nature. Mais ce serait bien tel dommage, si toute une longue existence d'activité et
de réflexion ne devait point aider au succès

d'une pareille opération. Pour moi, je n'éprouve
aucune crainte à ce sujet, et c'est avec une entière confiance que j'aborde la postérité, comp-
tant bien que ceux qui me liront alors ne sauront
pas faire de distinction entre l'ancien et le nouveau, entre ce qui fut l'inspiration, l'élément
des premiers jours et ce qui fut le produit du
travail et de la volonté. »

Au résumé, ce testament contient deux points:
le premier, absolument incontestable, à savoir :
que *Faust* est, dans l'œuvre de Gœthe comme
dans sa vie, le fait capital ; le second : que ce
poème, objet et terme d'une des plus grandes
vocations intellectuelles qu'il y ait eu, doit être
envisagé *in globo*, l'auteur condamnant d'avance
toute espèce de critique par fractionnement
et classification chronologique. Ce document
nous renseigne aussi sur l'état civil du héros.
« Voici plus de soixante ans » écrivait Gœthe en
1832 ; faites le compte et vous remontez à 1772,
date irrévocablement fixée et qui correspond à
la dernière période de sa vie d'étudiant. Gœthe
avait donc vingt-trois ans et venait de recevoir
le doctorat, lorsque cette conception de *Faust* lui
apparut à Strasbourg et qu'il mesura du premier coup d'œil toute l'architecture du poème.

Laissons à d'autres le soin de compulser, de comparer les vieux papiers ; de rechercher en quoi l'édition de 1790 diffère du manuscrit de 1772 ; négligeons ces lacunes dont parle la lettre à Guillaume de Humboldt et voyons tout de suite où le Gœthe de 1772 en était au moment de cette conception, quels étaient son état psychologique, ses horizons, et de quels éléments se composait ce que nous appellerions son matériel intellectuel.

II

Ses cheveux en natte tressés,
Elle descend, les yeux baissés,
    Du saint portique ;
Simplicité, grâce, candeur ;
Adorable dans sa raideur
    Un peu gothique !

Marguerite passe, accostons-la.

Pendant la dernière période du séjour à Strasbourg, Gœthe avait eu un grave reproche à se faire : cette humble et douce enfant égarée par lui et délaissée. Entre l'héroïne du drame et la fille du pasteur de Sessenheim les rapports

vous sautent aux yeux. La séduction, pour n'a-
voir point causé de scandale, n'en fut pas moins
consommée moralement, et Gœthe, en abandon-
nant Frédérique, ne pouvait ignorer qu'il en
faisait une veuve. Il savait à n'en point douter
et ce qu'il emportait d'elle et ce qu'il lui laissait.
Après s'être implanté au cœur de la pauvre
fille, après l'avoir émue d'un sentiment qu'elle
avait le droit de croire éternel, il quittait simplement la place : adieu, ma mie, en voilà assez
de cette idylle! Arrange-toi maintenant comme
tu pourras!... Cruauté féroce qui par le temps
et la réflexion ne devait point tarder à devenir
symbole! Aux heures de poésie, allaient en effet
se dégager les extrêmes conséquences, et l'a-
necdote librement donner tout ce que dans la
réalité courante elle eût été capable de produire.
Faust aussi commence par conter fleurette à
Marguerite, puis la plante là, et cette petite
affaire de galanterie coûte à Marguerite la vie
de sa mère, de son frère, de son enfant et sa
propre vie à elle en dernier lieu; on le voit :
simple badinage, histoire de s'amuser et de rire
un peu! Dans cette navrante églogue de Sesenheim, l'infanticide était contenu, et Gœthe n'a
qu'à lâcher la bride à son imagination pour

brûler le chemin qui va le conduire de Frédérique à Marguerite. Quitter Frédérique, il n'a-
vait pas même besoin de pousser les choses jusque-là, un pressentiment l'eût averti de ce qui
adviendrait, eût évoqué devant ses yeux la douce
amie de l'heure présente transformée en cette
Gretchen, physiquement tournée à la ressemblance de Frédérique. Mêmes airs de visage,
même complexion morale, même naturel con-
fiant, avec des réveils de mutinerie charmante.
La Marguerite des fragments publiés en 1790 est
déjà pour l'idée et le contour une figure aussi
parfaite que celle de l'édition de 1808, et notez
que cette Marguerite des fragments est celle du
premier manuscrit. Quant à la Marguerite bien-
heureuse (*una pœnitentium*) transportée après
sa mort au sein des nuages, et rencontrant
Faust parmi les phalanges célestes, c'est là une
invention attribuée au travail des dernières
années, et cependant, étant donné le caractère
de Gœthe si bizarre et par moment si énigmatique, rien n'empêcherait que cette scène fût
issue elle aussi du premier mouvement. Gœthe
eut toujours un fond de mysticisme, et cette
disposition d'esprit, déjà très accentuée dans sa
jeunesse, prit avec l'âge couleur de superstition.

Quoi qu'il en soit, les scènes de l'édition de
1808, où la figure de Marguerite se dessine dans
toute sa grâce, composent ce que Gœthe a jamais
écrit de plus achevé ; il y a là une émotion, un
souffle de vie, qui vous pénètrent. Le sentiment, les beaux vers pleins de lumière, pleins
de flamme, y surabondent, et l'effet est toujours
immédiat.

Nous avons remarqué plus haut que Gœthe
avait créé Marguerite à l'image de Frédérique ;
ne pourrait-il pas se faire aussi qu'il eût mis
dans cette adorable Frédérique des Mémoires
quelque chose de sa Marguerite ? Arrêtons-nous
un moment pour bien fixer les points. Lorsque
Gœthe écrivit son volume de *Poésie et Vérité,* où
l'idylle de Sesenheim est racontée, Marguerite
était depuis longtemps venue au monde, elle
existait à l'état de type pour le poète qui, les
illusions du récit aidant, pouvait, en nous ra-
contant Frédérique, se souvenir alors de Marguerite, tout comme, en évoquant jadis Marguerite, il s'était souvenu de Frédérique. La
Frédérique des Mémoires n'est point tant qu'on
se l'imagine un portrait peint d'après nature et
j'y verrais plutôt aujourd'hui un être de fantaisie évoqué par les souvenirs du passé et que

Gœthe s'est complu à revêtir de divers traits
particuliers à son amie. Donner aux inventions
de notre esprit les apparences de la réalité,
n'est-ce point là le but suprême, et l'artiste n'a-
t-il pas rempli toute sa vocation lorsqu'il est
parvenu à persuader au public que c'est des
mains mêmes de la nature que l'œuvre est sortie et qu'il n'a fait lui, poète, peintre ou statuaire, que fidèlement copier le type? En ce qui
regarde Frédérique Brion, l'impression que
nous donne Gœthe est vivante; nous reconnais-
sons à son visage, à sa tournure, à son sourire,
la fille du pasteur de Sesenheim. C'est elle, encore un peu et nous serions tentés de la déclarer plus aimable et plus accomplie qu'on ne
nous la décrit, nous en voulons presque au
poète de ne pas nous en dire davantage et c'est
là dans les œuvres d'art, une nouvelle et décisive marque de perfection. Chacun, en voyant
le modèle, se figure être mieux informé sur son
compte que l'auteur lui-même, les créations du
génie humain en arrivent avec le temps à ce
point d'indépendance vis-à-vis de leur propre
créateur, que le premier passant venu semble
leur toucher de plus près. Tel commentateur
d'Hamlet s'imagine connaître le prince de Da-

nemark au moins aussi bien que Shakespeare,
tel autre, Dumas le vieux, par exemple, croit le
connaître mieux et lui fait la leçon en l'exhor-
tant par la voix du spectre à prendre le gouvernement. N'avez-vous jamais entendu de fort
honnêtes gens récriminer contre Shakespeare à
l'occasion du trépas de Roméo, de Juliette et de
Desdemona en s'écriant : « Il n'avait pas le droit
de les tuer ! » Inutile d'ajouter qu'un pareil cri
serait pour Shakespeare le plus beau triomphe,
s'il pouvait le percevoir, car il en conclurait que
pour provoquer tant de pitié, il faut décidément
que les conceptions de son cerveau soient des
êtres bien vivants. Et ce reproche d'avoir abandonné Frédérique, Gœthe, qui peut-être comme
homme ne l'avait point tant mérité, s'est ar-
rangé dans ses Mémoires de manière à le justi-
fier complètement comme auteur, ayant par là
obtenu l'effet qu'il voulait produire. De tout
ceci un seul fait est à retenir : savoir que ce
personnage de Marguerite, créé de premier jet,
est resté identiquement le même à travers les
diverses phases du poème. On n'en peut dire
autant des autres, à commencer par Méphistophélès.

L'opinion veut que Merck ait posé pour ce caractère : « Il était long et maigre d'encolure, le nez pointu, perçant, ses yeux d'un bleu clair, plutôt gris, donnaient à son regard inquiet et toujours furetant quelque chose du tigre. Lavater, dans sa *Physiognomonique*, nous a conservé son profil. Son caractère n'était que désaccord ; bon et brave garçon par nature, il avait pris le monde en amertume, et se laissait gouverner par son penchant humoristique au point de vouloir à toute force passer pour un farceur et pour un garnement. Sensé, tranquille, ouvert à certains moments, il allait à tel autre, comme l'escargot, vous tirer ses cornes, chagriner, offusquer les gens et jusqu'à leur nuire. Mais, comme on aime à jouer avec le danger dont on croit n'avoir rien à redouter, je n'en étais que davantage porté à me rapprocher de lui, à jouir de ses bonnes qualités, pénétré à fond de ce pressentiment que jamais ses mauvais instincts ne se retourneraient contre moi. » Gœthe se plaît ainsi à reconnaître l'influence qu'il laissa prendre à Merck, un homme auquel il refusait « tout élément positif ». Détail qu'il ne nous faudra point perdre de vue si nous voulons savoir au juste pour combien ce Merck est entré dans la confection de Méphistophélès. Les lignes que je

5

viens de citer sont extraites de ce livre intitulé
Poésie et Vérité, livre admirable dont en France
nous ignorons la valeur. Il y a là, une somme
énorme de littérature, et pour peu que vous ayez
le goût des beautés de la prose latine, vous
céderiez à l'attrait de cette langue qui par ins-
tants semble être du Tacite. Nul peut-être plus
que Gœthe n'eût été propre à écrire l'histoire ;
il possédait la méthode et le style : deux qualités maîtresses ; il savait coordonner les faits et
les reproduire comme il les voyait. L'idée un
jour le préoccupa de composer dans ce genre
une étude sur Bernard de Saxe-Weimar, cher
à son cœur à double titre, et comme héros de la
guerre de Trente ans, et comme grand ancêtre
du prince qu'il aimait et qu'il servait. De ce travail, rien n'est resté que les préliminaires. Les
matériaux rassemblés par Gœthe sont aux archives de Weimar, et ce beau livre de *Poésie et
Vérité* porte témoignage de la langue qu'il comptait mettre en pratique à ce sujet. Maintenant,
à la lecture des diverses traductions ayant cours
chez nous, qui, je le demande, se douterait de
tout cela ? Ce livre, tel qu'on nous le donne ou
plutôt tel qu'on nous le vend, ne représente à
nos yeux que des mémoires plus ou moins ordi-

naires ; quant à l'art merveilleux qui s'y manifeste à chaque page, pas un traître mot ne le
dénonce ; et voilà sur quels documents le public en général forme son opinion. C'est qu'on
ne s'y prend point de la sorte pour faire passer
de la langue allemande dans la nôtre l'œuvre en-
cyclopédique d'un Gœthe ; s'il est des traductions
qui se peuvent brasser à coups de dictionnaire,
il faut ici le sens et la main d'un artiste. Autant d'ouvrages, autant de tâches préposées à
des activités, à des curiosités diverses, à des
talents spécialement autorisés. Toute traduc-
tion de ce genre qui n'est pas une œuvre d'art
est forcément une œuvre industrielle.

Nombre d'années devaient s'écouler avant que
Gœthe ouvrit ses conversations avec Eckermann. Le souvenir de Merck était alors déjà
sorti de la mémoire des hommes, et le vieux
docteur sentait venir l'âge des patriarches.
Qu'est-ce qu'un bourgeois, un *Philister* comme
Eckermann, pouvait comprendre d'un caractère tel que Merck ? Pour retourner à ce propos
de sa jeunesse, il fallait donc que Gœthe l'eût
à nouveau ruminé et qu'il y eût là quelque
énigme dont il cherchait l'explication : « Merck,
disait-il, en 1830 à ce secrétaire bénévole de

ses commandements, s'il revenait au monde à
cette heure, ne saurait plus être l'homme que
nous avons connu. » Ce problème le préoccupait, qu'un individu tel que Merck, mêlé au
mouvement des hommes et des choses, capable
d'exercer personnellement une action puissante
sur les autres et sur lui-même, Gœthe, eût en
fin de compte vécu pour rien. Merck manquait
absolument d'élévation, et nous savons quel
sens Gœthe prêtait à ce mot : « Tout ce qui
n'est point vers est prose » dit Molière, tout ce
qui n'est point élevé est bas, Faust a comme
Goethe l'âme élevée, Merck a de la bassesse.
Et l'esprit de bassesse, de négation, c'est le
diable, c'est Méphistophélès. Tout acte positif,
créateur, lui sera refusé ; la force d'initiative
sous quelque aspect qu'on se la représente lui
fera défaut. Il n'existe et ne peut exister qu'à
l'état de contradiction ; pour qu'il entre en phos-
phorescence, il lui faut l'antagonisme. Gœthe
a pris soin de nous indiquer dans son journal
que le seul homme au courant de sa vie quoti-
dienne est Merck, et ce confident indispensable,
il ne le recherche ni ne l'estime. Faust, lui non
plus, ne saurait se passer de Méphistophélès ;
que deviendraient-ils l'un et l'autre sans leur

miroir dont la transparence implacable réfléchit les choses comme elles sont? Comment
sortiraient-il d'embarras, ces docteurs sublimes,
s'ils n'avaient là sous la main, pour le feuilleter
à toute heure, le livre aux renseignements, le
vocabulaire universel où pas une idée n'est for-
mulée, mais où sont catalogués tous les mots?
Ici pourtant se dresse une objection : la conception de *Faust* remonte à l'époque du séjour à
Strasbourg, tandis que les rapports avec Merck
ne datent que d'une période beaucoup plus tar-
dive; force est donc d'aller aussi nous renseigner ailleurs.

III

Gœthe était venu à Strasbourg la tête pleine
d'illusions et de présomption, en fils de famille
souverainement sûr de son affaire et qui n'a
besoin de personne pour trouver sa voie. Juris-
prudence, théologie, physique, il allait tout
savoir; c'était le docteur Faust en herbe, ses
antécédents l'avaient accoutumé aux égards, à
la déférence, et voilà qu'en débarquant il se
heurte contre Herder. Celui-ci, du premier

coup, le déconcerte. Il se sent en présence d'une
force parfaitement maîtresse et consciente,
d'une autorité qui ne fléchira point, d'une
intelligence à laquelle il n'apporte rien. Herder
bien au contraire, commence par dérouler aux
yeux de Gœthe des horizons qu'à lui seul le
disciple n'eût point découverts, et tout cela,
simplement, froidement, avec une nuance
d'ironie pour répondre aux démonstrations gra-
tulatoires d'un jeune monsieur qui jusqu'alors
n'avait encore admis la supériorité de quiconque. Herder répandait ses idées à pleines
mains, mais personne en les ramassant n'é-
chappait aux amères boutades dont ce dispen-
sateur de richesses accompagnait ses présents.
Méphistophélès également connaît le fond des
choses, révèle à Faust les secrets de l'être, le
promène d'une sphère à l'autre, étale devant
lui les jouissances et les trésors de cette pauvre
humanité qu'il bafoue et dont il n'additionne
les grandeurs et les misères qu'à cette fin de
prouver que le bien et le mal sont identiques et
qu'au total l'énorme somme donne zéro. Il va
sans dire que la théorie de Herder, naturellement, essentiellement élevée dans son positi-
visme, n'allait point jusque-là ; mais rien

n'empêchait Gœthe de tirer à part lui les conséquences, et de ressentir quelque angoisse à
voir ce diable d'homme remuer ainsi les idées
comme des pièces d'or dont il avait les poches
pleines, les faire tinter et reluire au soleil pour
les rejeter finalement comme de vils charbons.
Séduire, captiver les âmes, puis, quand elles
se sont loyalement données, mettre à néant
leur confiance, influence démoniaque que la
critique impartiale, impitoyable de Herder
exerçait sur Gœthe ! Comment s'affranchir
d'un compère dont le regard vous scrute, vous
traverse et qui, sans la moindre idée d'en tirer
profit pour lui-même, lit dans votre conscience
le bien et le mal. Faust subit l'ascendant de
Méphisto, se soumet à première vue et signe le
pacte avec son sang. Plus *encore* qu'à l'attrait
des jouissances promises il cède à l'empire d'un
esprit supérieur. Il se voit perdu s'il ne se
livre. Méphistophélès, de son côté, n'a qu'un
but, affirmer cette domination ; *dans tout ce
qui se rattache au train de la vie*, il se subordonne ; Faust sera le maître, Méphisto le ser-
viteur ; Faust aura les jouissances, Méphisto
les lui procurera ; tout ce que le démon se réserve, c'est de constater irrévocablement qu'en

dernière analyse pas une de ces jouissances ne
vaut le prix dont on l'achète.

Encore une fois, Herder n'allait point jusqu'à
ces conclusions; mais, par sa critique, il y
poussait Gœthe, et de même que Gretchen
nous montre implacablement ce qui aurait pu
advenir de Frédérique, Méphistophélès nous
indique où l'enseignement de Herder aurait pu
mener Gœthe. Nous savons maintenant de qui
notre poète tenait ce don fatal de faire interve-
nir la critique au plus intime d'une jouissance
et de s'interrompre au sein de la passion pour
réfléchir au désenchantement final. Herder
ayant préparé les éléments du caractère, il restait à guetter au passage l'original dont on em-
prunterait le masque ; c'était chez Gœthe le
procédé ordinaire quand il avait une conception dans sa tête d'attendre qu'une rencontre
lui en offrît le vivant modèle. Merck paraît, et
de ce jour, l'incarnation a lieu : Méphistophélès a trouvé sa langue, son geste et sa tournure.
Un mot pourtant. Merck est un cynique, rien
de plus ; il nie et ne sort point de là, impuissant à produire chose qui vaille ; Méphistophélès, au contraire, et quoi que Gœthe lui-
même nous en dise, possède une sorte d'élé-

ment créateur ; serrez de près son style, méditez ses sentences, il y a dans cette négation bien du positif. Tel n'était point, nous le savons, le plan de Gœthe, mais la figure s'est agrandie au-delà des proportions voulues. Il n'est chose pratique en ce monde sur laquelle ce diable ne soit prêt à faire la leçon aux plus grands docteurs : il connaît les littératures, il a parcouru toutes les théories et les appliquerait au besoin. Retournez la scène de l'écolier, placez-le devant un conseil de membres de l'Institut qui l'interrogent sur les sciences exactes et les autres, il ne se contentera pas de se moquer d'eux, il leur répondra bel et bien de manière à les convaincre qu'il en sait plus long qu'eux tous à lui tout seul. Cette grande envergure du personnage, Merck ne l'eut jamais ; dans la formation successive de Méphistophélès, il n'entrerait donc tout au plus que pour moitié ; il a fourni le profil, Herder et son influence sont pour le reste. Ajoutons que toutes les acquisitions que Gœthe faisait en son particulier, à mesure qu'il avançait dans la vie, étaient portées au profit de Méphisto, son inséparable compagnon, l'*alter ego* dans les questions de critique et de controverse. Il le promenait avec

lui par le monde, l'avait pour confident et pour
juge de ses observations, de ses expériences, et
grâce à cette faculté, à ce don caractéristiques
chez Gœthe d'acquérir toujours, maître Méphisto voyait se parachever son éducation et
grandir son personnage. Que dis-je? Il se pliait
même aux belles manières; à force de fréquenter les honnêtes gens, il en prenait le ton et
l'élégance, le Méphistophélès de 1772, ce cuis-
tre en rupture de *banc* avait pris avec le temps
je ne sais quel faux air de fonctionnaire ou
d'académicien désenchanté dont la bile se donne
cours : il a clarté sur tout sujet, et s'il faut
parler politique, Gœthe au besoin va l'adopter
pour son truchement. On comprend que ce côté
du rôle ne pouvait être que le produit d'une
formation postérieure, et que l'auteur en 1772
ne se doutait encore de rien de tout cela.

J'arrive à la figure principale : deux hommes
vivaient en Goethe, l'un qui agissait, l'autre qui
regardait agir et jugeait l'acte. Dès l'enfance,
il s'étudie, s'analyse comme un objet indépen-
dant de lui-même, et le jour devait venir, à
Strasbourg, où cet *auto-criticisme* amènerait le
conflit. Il avait fini ses études, passé ses exa-
mens, et déjà, sa première jeunesse à peine

révolue, il sentait à la fois, et le vide de ses
connaissances, et le néant de ses examinateurs.
A l'existence qui s'ouvrait devant lui l'avait-on
seulement préparé ? Il lui fallait comme Faust,
retourner sur ses pas, recommencer à s'instruire en ayant désormais dans l'âme cette certitude
que tout ce qu'il savait et pourrait savoir n'était
qu'un ramas de formules vaines. Partout contradiction et désaccord ; d'un côté, ses rapports
de famille, sa position à ménager dans le monde
de la bourgeoisie, ses principes d'éducation,
ses vues de carrière et les intérêts pratiques, de
l'autre, un profond sentiment d'abandon, l'isolement au sein des relations les plus diverses,
l'impossibilité de se fixer dans un attachement
et, mêlée à ce fiévreux désir de connaître, à
cette indomptable curiosité, la conscience d'une
frivolité coupable, d'un superficiel je ne sais
quoi, au demeurant fort déshonnête. Plus tard
ce phénomène du double moi le troubla : il en
avait avec les années pris son parti, mais on
peut dire qu'aux jours de jeunesse et d'orages,
la découverte eut ses surprises et même ses
épouvantements. Contradiction et désaccord,
c'étaient là prédispositions de nature. De même que le bien, le mal aussi régnait en lui et,

les deux forces coexistant, il arrivait souvent
que le mal prenait le dessus. La question terri-
rible, suprême, se posait alors : le mal est-il
quelque chose de positif ou n'y faut-il voir qu'un
fantôme qui, s'effaçant, disparaît au dernier
règlement des comptes ? Gœthe le croyait ainsi
mais on n'est jamais sûr de rien et, dans sa
recherche de la vérité, il recourait à Spinoza.
Nous savons que Gœthe ne se livra jamais
sans réserve : âme qui vive ne le conquit ; au
plus fort de la passion, il garde son sang-froid
et se recueille. Pas un être qui définitivement
le captive, pas un ouvrage dont il regrette de
ne pas être l'auteur ; il a des insolations, rien
ne lui dure. Herder, Lavater, Jacobi, enthousiasmes d'un moment d'apprentissage, crises
bientôt surmontées. Les influences qui le gou-
vernent sont dans le passé. Homère, Shakespeare, Raphaël, Spinoza, voilà ses vraies attaches. Ces quatre hommes représentent pour lui
les éléments générateurs de toute la culture moderne ; les principes de l'atmosphère intellec-
tuelle où nous respirons, où nous pensons, où
nous travaillons tous tant que nous sommes.
Homère et Shakespeare sont les premiers en
date, Spinoza ne vint que plus tard, et d'ailleurs

leur influence n'a pas besoin d'être expliquée,
et nul parmi nous ne le conteste ; pour Spinoza
plus en dehors de notre horizon, le cas est dif-
férent et nécessite quelque digression.

Porro unum est necessarium : la question religieuse est en somme une grosse affaire. Croyant
ou non croyant, chacun la résout à sa manière,
mais tout le monde y pense et les plus specti-
ques eux-mêmes sans en avoir l'air. C'est déjà
lier commerce avec la foi que de nier. Sans toucher aux sujets irritants, sans parler ni de l'ar-
ticle 7, ni des jésuites, ni des rapports de
l'église avec l'état, ni de la critique des évangi-
les, on serait pourtant bien aise de savoir un
peu à quoi s'en tenir sur ce qui se passe au-delà
des choses de ce monde. Il y à là un point d'in-
terrogation inéluctable ; vous avez beau vous
détourner de la voie publique, prendre par la
traverse, au bout des plus secrets sentiers, le
poteau se dresse, et bon gré mal gré on y regarde pour s'orienter. Ceux qui sont morts re-
viennent-ils ? Où et comment ? Et cette nouvelle
existence doit-elle être suivie de plusieurs autres, et du passé en avons-nous conscience ?
Éternel monologue d'Hamlet toujours repris
et que cette aimable Mme de Chevreuse variait

si galamment quand elle écrivait à Mlle de Len-
clos : « Si on pouvait croire qu'en mourant on
va causer avec tous ses amis en l'autre monde,
il serait doux de le penser. » Répondre : non,
est très facile, mais ce non, sur quoi l'appuyer?
Des raisons, nous en cherchons tous, chacun de
nous s'informe où il le peut ; Gœthe s'adres-
sait à Spinoza. Le mysticisme historique de
Herder, pas plus que le prosélytisme évangéli-
que de Lavater, ne répondait à ses besoins pratiques. L'exemple de sa vie entière nous enseigne combien peu il tenait compte des catéchis-
mes ; deux convictions seulement l'animaient :
il est un dieu, un dieu personnel ayant sa volonté, son plan dans l'histoire de l'humanité, et
l'homme individuellement ne périt pas. Ces
deux articles de foi sont admis par lui en principe, et pour ainsi dire emmurés au plus profond de son être. Des preuves, il n'a que faire
d'en demander ni d'en fournir, mais, en dehors
de cela, rien ne l'émeut. Il écarte les détails, et
toute théorie du surnaturel à laquelle ces deux
idées ne suffisent point le laisse indifférent. En
matière de théorie, ce qui le touche, c'est l'or-
ganisation morale du genre humain. Mais là,
par exemple, il veut des arguments et vous en

donne. Cette immense communauté que, grands
et petits, nous formons tous, nous savons, nous
sentons qu'elle n'est pas un simple effet du hasard et ne fonctionne point comme une mécanique, mais qu'une force active, intelligente vit
en elle, la gouverne et la dirige vers un but. Ce
but nous l'appelons le bien, le bon, le beau, et
nous résumons dans le nom de Dieu cette idée
suprême d'intelligence, d'impulsion, d'activités
universelles. L'histoire vue de haut déroule sous
nos yeux l'effort des peuples pour accomplir
cette loi et réaliser le grand dessein. Mais cette
loi qui nous dit qu'elle existe? Ce grand dessein
comment le reconnaître? Poser de telles questions est plus facile que de les résoudre ; toujours faut-il déclarer que ceux-là ne sont point
des hommes qui peuvent y rester étrangers toute
leur vie : Gœthe plus que personne devait les
agiter. Quelle philosophie n'a-t-il pas compulsée
au cours de sa vaste carrière? Il avait erré longtemps de système en système et de philosophe
en philosophe, quand le maître enfin se rencontra.

IV

Qu'était-ce maintenant que cet homme et que
son livre, dont Gœthe a pu dire : « L'*Éthique*
m'a captivé, absorbé ; ce que j'y ai lu, je l'ignore,
mais je sais que le livre renferme des secrets
qu'il m'a été bien profitable de connaître. » Il
s'appelait Baruch, ou, de son nom traduit en
latin, *Benedictus* Spinoza. Amsterdam, en 1632,
l'avait vu naître. Sa famille, ses origines étaient
juives et portugaises. Chassée de Portugal par
les inhumains traitements dont on poursuivait
alors les juifs, toute une population d'expatriés
avait un jour abordé la côte hollandaise, et
cette colonie, se constituant, se multipliant au
sein de la vie nationale des Provinces-Unies, y
devint à la longue une sorte d'état dans l'état.
Parcourez l'œuvre de Rembrandt, étudiez ses
peintures et ses estampes, là se rassemble,
grouille et trafique ce monde singulièrement
rébarbatif et pittoresque. Vous les voyez dans
leurs costumes caractéristiques représenter des
personnages de l'Ancien-Testament : les hommes en bonnets de fourrure, en lourds caftans,

les femmes empaquetées, enturbannées de riches étoffes, de tissus massifs et chatoyants, affublées d'ornements bizarres. Ces patriarches, ces prophètes, ces apôtres sont des juifs de la colonie portugaise, tous, plus ou moins, rabbins et membres de cette synagogue, d'où l'irrégulier Spinoza, pour ses principes hétérodoxes, s'est fait bannir.

Il s'était mis à l'école chez un médecin qui lui enseigna le latin et le grec, et dont la fille, pendant ce temps, le charmait et l'ensorcelait ; dire qu'il y aura toujours des jeunes cœurs pour s'exposer au danger de ces leçons et de ces lectures en commun ! Encore la légende d'Héloïse et Abeïlard, seulement la séduction ni le crime n'intervinrent cette fois. On s'aima, on se le dit, on se quitta ; des regards, des vœux échangés, puis des larmes : une simple élégie, mais douloureuse, et dont le souvenir fut cause que Spinoza ne songea plus jamais au mariage. Il était malheureux autant qu'on peut l'être, toutes les haines de la corporation s'acharnaient contre lui ; une tentative de meurtre eut même lieu à Amsterdam, il y échappa ; néanmoins ne pas mourir sous le couteau d'un assassin ne suffisait point : il fallait manger, avoir un gîte.

6

Descartes, son maître, lui conseilla de prendre
un métier pour vaquer librement à ses études ;
il tailla des verres de lunettes, comme plus tard
Rousseau copia de la musique. Cependant, à force
de remuer la juiverie d'Amsterdam obtenait son
bannissement. Il vécut alors à Leyde, à La Haye,
très retiré, passant des semaines entières à la
maison ; un de ses amis, — il en comptait beaucoup et des plus dévoués, — lui voulut prêter
une forte somme, Spinoza s'y refusa. « Vous
avez un frère, lui dit-il, à qui cet argent doit
aller de préférence. » Un autre offrit une pen-
sion de 500 écus, il se contenta d'en accepter
300 ; juste le nécessaire pour subsister, ayant
fait abandon à sa sœur de ses droits sur l'héritage paternel. Heidelberg le voulait avoir
pour professeur de philosophie, on l'assurait
d'avance de toute liberté dans son enseignement ; il aima mieux s'en tenir à son existence
indépendante de La Haye et continua d'y rési-
der jusqu'à sa mort. Il avait environ quarante-
cinq ans, quand, à bout de force, miné par le
travail et la phthisie, il rendit l'âme. L'œuvre
capitale de Spinoza, l'*Éthique*, est posthume.
L'exposé de la doctrine de Descartes, qu'il pu-
blia de son vivant, a moins d'importance. Cette

vie, que nous venons de résumer d'un trait, si
remplie qu'elle fût de tribulations et de misères, réservait néanmoins à Spinoza maint avantage pour ses travaux. Condamné à l'isolement
par les circonstances, sans liens de famille, sans
attaches du côté de sa nation, il disposait en
toute liberté de son génie. Aucune considéra-
tion ne l'arrêtait ; il avait rompu avec la synagogue, et savait que nulle persécution ne l'at-
teindrait sur cette noble terre de Hollande, où
l'on pouvait alors tout penser, tout dire et tout
imprimer. N'oublions pas que dans sa défec-
tion il avait conservé certains dons inaliénables
qui particularisent la race juive, cette faculté
de saisir dès l'abord le positif, d'examiner, de
vérifier, de soupeser et de ne se point payer
d'apparences.

Cet homme, ainsi préparé, tourne vers l'observation l'intense effort de son travail, froidement, d'un esprit exempt de préjugés et de
passions il contemple en silence le milieu social
qui l'enserre, voit son prochain, l'étudie ; et le
livre où ces résultats seront consignés, l'auteur
l'écrit en se proposant de ne le laisser publier
qu'après sa mort. Les hommes devant être considérés comme faisant partie d'un grand tout,

Spinoza nous donnera la théorie de leurs rapports entre eux : *Ethica ordine mathematico de-
monstrata,* autrement dit : la somme infinie de
nos sentiments et des motifs qui les engendrent,
réduite à l'état d'un certain nombre de simples
formules. Aucune trace de personnalité, point
d'arguments ni d'anecdotes, rien en dehors de
la démonstration mathématique, rien qui vous
prêche : Croyez ceci, faites-le, c'est le bien ;
évitez cela, c'est le mal. Et la langue dans laquelle c'est écrit n'est même pas une langue ;
l'auteur, pour plus d'exactitude, emploie le
latin à l'usage des savants de l'époque et s'en
sert comme d'une mécanique, n'adoptant que
les mots et les tournures qui lui offrent le plus
de garantie pour la parfaite intelligence du
sens : l'impassible rigidité du terme dans la
morte rigidité de la syntaxe ! Rejetés d'avance
en principe tout ressouvenir de lectures, toute
phrase dont la construction et l'expression
pourraient avoir un agrément quelconque ; et
comme si ce n'était point assez pour ce livre de
ne voir le jour qu'après la mort de l'auteur, il
faudra de plus qu'il soit anonyme. « Le nom de
l'auteur imprimé sur le titre d'un volume influence toujours plus ou moins le lecteur. »

Ainsi prononce Spinoza; or, cela même ne saurait être : « Tout le monde doit ignorer que ce
livre est de moi, qu'on le tienne plutôt pour
l'émanation spontanée du genre humain. »
Étant acquis ce fait que les glaciers se dépla-
cent, comment se meuvent-ils? De même pour
l'humanité : le torrent s'épanche et s'écoule, où
va le flot? Spinoza n'en veut qu'à ce problème
et le résout par l'observation continue, appro-
fondie des symptômes qu'il relève autour de lui
et classe méthodiquement ; il ne se fie qu'à ce
qu'il voit, qu'à ce qu'il entend, l'histoire lui
sert de peu, et son expérience poursuivie avec
un absolu détachement d'idées personnelles et
de préjugés nationaux, l'amène à cette conclusion qu'il n'y a de vrai, de positif que le bien,
et que le mal ne saurait avoir de réalité, puisqu'il n'est que la négation du bien, et qu'une
négation n'existe pas.

. Ce livre, dont l'action générale n'est point à
discuter, devait, à un moment donné, exercer
une influence toute particulière sur l'esprit de
Gœthe, qui trouva dans cette solution la plus
topique des réponses à ses troubles secrets en
quête d'apaisement. N'est-ce pas le problème
de sa propre existence que le poète de *Faust*

cherche à résoudre avec l'aide du démon? Ces
deux âmes dont parle Faust, Gœthe les sent en
lui, et cette double existence, objet d'une inves-
tigation perpétuelle, fait en même temps son
épouvante, il se regarde au microscope, s'analyse et s'anatomise ; bizarre composé des éléments les plus disparates, l'aveugle et le voyant
marchent en lui côte à côte ; ce qu'il écrit,
roule à torrent sur le papier à son insu ; » il lui
faut se relire pour s'en rendre compte, et ce
n'est aussi qu'en retournant la tête qu'il a conscience des actes qu'il accomplit. Du reste, cette
manière d'être appartiendrait peut-être autant
à l'espèce qu'à l'individu. L'inspiration est un
état plus ou moins pathologique, la rêverie est un
somnambulisme ; un inspiré, un rêveur ne se
connaît pas, il vit le personnage de son roman ou
de son drame, il secoue les préjugés, franchit les
obstacles et n'obéit qu'à la passion, tout entier à
ses jouissances, à ses vertiges : désordre et
génie ! Mais le propre de Gœthe est d'avoir en
soi une puissance d'objectivité, un sens critique
qui sait réagir au moment voulu. Il a son démon socratique qui le chevauche, et après l'a-
voir lancé à fond de train, le rassemble et le
ramène. Savoir jouir et savoir à temps renon-

cer, brûler la vie à grandes guides et se gouverner de façon que les résultats soient toujours
sauvegardés et que l'expérience tourne à profit, ne renoncer ni au plaisir, ni au devoir, être
à soi-même son critique, son médecin, son conseiller intime et son maître des cérémonies,
tout cela froidement, sans hypocrisie et sans
complaisance ; voilà l'homme. Deux êtres sont
en lui : il est l'un ou l'autre, jamais les deux en
même temps ; jamais les cercles des deux sys-
tèmes ne roulent ensemble, le poète compose,
le critique approuve ou rejette, l'enthousiasme
et l'indifférence se font vis-à-vis ; il se donne et
se prodigue avec la confiance aveugle et l'é-
tourderie d'un enfant pour se ressaisir aussitôt
et ne nous plus montrer que le philosophe reve-
nu de toutes les expériences de l'existence. Et la
métamorphose ne cesse pas : toujours de nouvelles rencontres et de nouvelles affections sui-
vies d'inexorables ruptures quand l'heure de la
critique sonnera. Quelle que soit l'expérience,
le désappointement est au bout ; Gœthe le sur-
monte, mais il ne vous le pardonne pas.

A cette double nature de Gœthe la philosophie de Spinoza devait convenir. D'ordinaire,
quand nous adoptons un philosophe, nous ne

nous contentons pas de lui demander de nous
expliquer ce qui concerne l'entendement et la
raison pure, nous voulons encore qu'il ait à
nous servir tout un système du surnaturel, et
que ce qu'il ne peut prouver il nous le fasse au
moins accroire. Gœthe n'avait point de ces exi-
gences compliquées et ne tenait nullement à
recevoir d'une main étrangère les choses qui
sont placées au-delà de notre portée. C'était
une affinité de plus avec Spinoza, qui, lorsqu'il
nous parle de Dieu, n'en raconte que ce que la
raison humaine en peut savoir et laisse à la
théologie le soin d'expliquer le reste. Le Dieu
de Gœthe était aussi celui qu'on ressent et qui
ne se prouve pas, et de même que pour Spinoza,
la philosophie et la théologie étaient pour lui
deux éléments non moins dissemblables que la
terre et la mer : tandis que sur l'un vous mar-
chez droit et de pied ferme, vous ne voyagez
sur l'autre qu'en étant le jouet des flots et des
vents. Les gens pour qui le philosophe commence là où justement il n'a plus rien à dire
vous parleront, comme Châteaubriand, de l'a-
théisme de Spinoza. A ce compte, Gœthe aussi
était un athée, en ce sens que sa croyance en
Dieu et en l'immortalité n'avaient ni ne vou-

laient avoir rien de commun avec sa philosophie, étant chose absolument personnelle et
qu'il ne discutait point (1). Païen peut-être,
athée jamais, ni incroyant! Son paganisme lui
vient de Raphaël et de tout un ensemble d'idées
sur l'antiquité et la renaissance, comme son
athéisme lui vient de Spinoza.

1. Beethoven avait également cette religion. A lui
comme à Gœthe, l'*inexprimable*, l'incréé se révélait sans
qu'il fût besoin d'aucun *medium*. Il croyait en Dieu, l'aimait, l'adorait de toute la ferveur de sa grande âme solitaire, mais il entendait n'avoir avec son créateur que des
rapports directs : le recueillement, l'élévation pure et
simple ! Beethoven portait peut-être plus loin que Gœthe
l'horreur du formalisme; il était incapable d'exécuter de
sa main d'artiste, — même en n'y croyant pas, — une
scène quelconque de mythologie chrétienne comme le
prologue du premier *Faust* ou l'apothéose finale du second.
La seule production vraiment médiocre de Beethoven est
son *oratorio* du *Mont des Oliviers;* sa *messe* est une orai-
son mentale à grand orchestre. Beethoven n'arrive à la
conception de Dieu que par l'humanité, il lui faut comme
ce Titan frapper du pied le sol terrestre pour pouvoir
s'élancer vers le ciel. Que nous récitent, que nous chantent les *Sonates*, les symphonies? La lutte de l'âme avec
les passions; que glorifient-elles ? Le triomphe de l'esprit sur la matière et rien autre chose. Quant au reste, à
ce qui se passe en dehors de l'homme, il ne le connaît
pas : *nescio vos.*

J'ai prononcé le mot d'affinité ; les rapports
en effet s'établirent peu à peu. Un charme étrange, indéfini, émanait du livre ; à ces lectures
d'abord vagues et sans objet déterminé, Gœthe
instinctivement revenait toujours. Qu'y cher-
chait-il ? lui-même n'eût point su le dire. C'est
l'histoire d'Alighieri dans son commerce avec
Virgile ; l'histoire de toutes nos rencontres avec
un grand esprit fait pour nous dominer. Vous
l'abordez par simple désir de connaître, et chemin faisant vous êtes captivé. Sur combien de
nous Gœthe, à son tour, ne devait-il pas agir
de la sorte ? Tel livre ouvert sans préméditation
ne se borne pas à vous intéresser, il vous attache ; vous y trouvez réponse aux questions qui
vous préoccupent, et vous voilà bientôt, l'auteur
et vous, deux inséparables. Ainsi Gœthe découvrait dans Spinoza toute une théorie applicable
à sa propre personne et d'où sortirait le dénoûment de *Faust*. Le problème de *Faust* en effet
n'est pas autre que celui dont Gœthe cherchait
la solution pour lui-même. Gœthe nous confesse
des écarts d'imagination pendant lesquels il
avait pu se sentir capable de commettre tous
les crimes et « d'avoir tous les vices, excepté
l'envie. » Faust est l'incarnation de ces trou-

bles de son âme et aussi de l'apaisement qui,
grâce à l'entremise de Spinoza et de sa doctrine,
y devait mettre fin. Si Faust au dénoûment se
réconcilie, c'est pour que la parole de Spinoza
s'accomplisse et parce que le grand Hébreu a dit
que le mal, n'étant que la négation du bien, se
détache de nous comme une dépouille à l'heure
de la mort et reste sur cette terre de misère,
laissant l'âme remonter pure au sein de son
créateur.

V

Mais cette figure de Faust, résultat suprême
d'une vie livrée à toutes les tourmentes expéri-
mentales, il fallait la trouver, l'inventer. Gœthe
en était là de ses agitations, et déjà l'idée du
suicide le travaillait, lorsqu'il lui advint, à
Strasbourg, de s'arrêter devant un théâtre de
marionnettes où l'on représentait la vieille histoire populaire du docteur Faust. Ce fut le trait
de lumière; la grossière ébauche allait servir
de matériel aux visions du poète. Ces rêves,
ces pensées, qui bourdonnaient confusément
dans la nuit de son être, avaient découvert dé-

sormais une issue vers la clarté du jour. Son
passé, son présent et son avenir prennent à ses
yeux la forme et la couleur d'une légende, et de
ce spectacle enfantin se dégagent les scènes et
les tableaux d'un grand drame, plein de vie et de
symbolisme. Il voit les idées qui l'obsédaient le
plus revêtir un corps et cesser d'être lui-même
pour devenir je ne sais quelles anciennes figures de connaissance endormies dans une monta-
gne enchantée et qu'un tremblement de terre
éveillerait à l'existence. Double satisfaction,
double triomphe! Il se débarrasse des propres
misères de son âme, passe à d'autres ce lourd
fardeau des choses répréhensibles, des mauvais
instincts qu'il ne pouvait ni dominer, ni secouer,
et couronne son drame par un dénoûment con-
forme à sa croyance inébranlable, à son évangile de profession : l'homme se rachetant par
l'action, tableau final et moralité suprême de la
comédie ; ce qui prouve bien que cette œuvre,
d'une exécution si lente, si laborieuse, si profondément creusée et fouillée dans tous les sens,
le *Faust* de Gœthe, fut conçue tout d'une pièce :
la deuxième partie en même temps que la première. La scène des anges honnissant Méphisto,
étouffant sous une pluie de rose ce pauvre dia-

ble, impuissant à maintenir sa proie entre ses
griffes, est contenue dans la scène du pacte ; les
paroles que prononce le Seigneur dans le prologue donnent à pressentir la rédemption.

Inutile d'ajouter que, si la formation du personnage de Méphistophélès préoccupa Gœthe sa
vie durant, la figure de Faust s'imposait encore
à bien meilleur titre aux longs égards du maître. Rien, en somme, ne s'explique mieux que
cet imperturbable attachement de Gœthe ; lui et
Faust ne pouvaient ni ne voulaient se quitter,
et c'était dans l'ordre que la publication fût toujours différée, l'œuvre ne devant être achevée
qu'à la mort du poète. C'est un tort, quand on
parle de Gœthe, de mettre *Faust* sur la même
ligne que ses autres livres. *Faust* n'est ni un
poème, ni un roman, ni un drame, c'est une
autobiographie en action, et, qu'on me passe le
terme, une sorte de *capharnaüm* que l'auteur
s'est élu pour domicile ; il hante d'autres lieux,
fréquente d'autres compagnies, mais son vrai
gîte est celui-là, il y revient toujours, il y vit au
milieu de ses affections, de ses trésors de toute
espèce. *Faust* est le principe élémentaire, il
n'est idée, ni création de Gœthe qui n'en porte
l'estampille : *Werther*, c'est *Werther*, plus *Faust* ;

Egmont de même, et ainsi de suite ; tout cela
sans préoccupation d'artiste, sans rien de *voulu*,
et par l'unique fait de cette existence en partie
double dont nous relevons ici le tableau, et tandis que *Faust* traversera toutes les œuvres du
poète, les imprégnant, pour ainsi dire, de son
invisible présence, Faust, à son tour, vivra sous
les auspices de Gœthe, son frère jumeau, partout présent, partout visible.

A ce drame de la vie humaine et du symbole,
il fallait un paysage ; Gœthe, pour le découvrir,
n'eut pas besoin de faire beaucoup voyager son
imagination : promener ses regards alentour
suffisait ; il n'avait qu'à consulter ses souvenirs
et se fier à ses plus proches impressions. Le
pays de Faust et de Marguerite, n'était-ce pas l'atmosphère même qu'il respirait ? A cet égard, le
décor ne devait subir par la suite aucune modi-
fication, et le pittoresque reste aujourd'hui ce
qu'il fut dès 1772. Francfort avec ses remparts,
ses rues et ses ruelles tortueuses, ses coins et
recoins que les métiers remplissaient de leurs
bruits et de leurs odeurs, fournissait le local.
Au temps de Gœthe, la vieille cité impériale
subsistait encore dans tout l'enchevêtrement, le
fouillis, l'original et le patriarcal de sa perspec-

tive ; où s'étendent aujourd'hui des maisons su-
perbes, où se pavanent ces magasins de luxe,
ces hôtels privés et ces caravansérails de paco-
tille, se dressaient alors vers le ciel des habita-
tions bizarrement alignées, des ruches cons-
truites en planches que trois ou quatre générations animaient à la fois : l'aïeul, ses fils et ses
petits-enfants, travaillant, grouillant côte à côte
et se tenant chaud ; d'étroites demeures four-
millant de monde, et des églises ; en haut, par-
dessus les toits et les cheminées, la clarté, la
chaleur du soleil ; en bas, l'ombre et l'humidité
en plein midi. Aussi, comme elles s'élançaient
en flèches, ces maisons, comme elles pointaient
par milliers ! L'espace lui manquant près du
sol, cette architecture du moyen-âge, enfermée,
comprimée dans un corset de murailles créne-
lées, imitait les arbres des forêts grimpant toujours sous peine d'étouffer : *excelsior !* on ne respirait, on ne vivait qu'à ce prix. Personne
mieux que Delacroix n'a rendu cet élancement
d'une ville entière, attribué par les mystiques
à des aspirations célestes, et qui n'était qu'un
mouvement de conservation physique ; on mon-
tait pour ne pas suffoquer. Chaque estampe de
son illustration de *Faust* nous offre sur ce point

un modèle de caractéristique ; tout y est poussé
à l'aigu, au suraigu, jusqu'aux figures, dont il
semble que les conditions du milieu ambiant
ait réglé la conformation quelque peu entortil-
lée et grimaçante.

On reproche à cette Marguerite d'être laide ;
c'est possible qu'elle ne réponde point à l'idéal
de la renaissance italienne, mais quelle inten-
sité de vie ! Ces airs de visage, ce costume, ces
gestes ; interrogez Albert Dürer, bien plus com-
pétent ici que Raphaël et Léonard, il vous dira
que c'est le pittoresque local pris sur le fait, et
Gœthe aussi vous le dira (1). Sous cette che-

---

1. Peut-être ne nous saura-t-on point mauvais gré de
citer à ce propos quelques lignes d'un de ces nombreux
volumes qui se publient journellement en Allemagne et
que nous avons dû naturellement consulter pour mettre
cette étude au courant de la *science*, car il y a, c'est incontestable, toute une science qu'il n'est désormais point
permis d'ignorer en parlant de Gœthe. On lit dans les
Souvenirs de Frédéric Forster qu'un soir qu'il visitait, à
Weimar, le vieux poète, il le trouva feuilletant les illus-
trations lithographiques d'Eugène Delacroix : — « Voulez-vous maintenant, lui dit Gœthe, après un moment de
causerie sur le sujet, que nous comparions l'interprétation d'un Français avec celle d'un Allemand et, qui plus
est, d'un Allemand de vieille roche? » Là-dessus, il se fit

vauchée fantastique de Faust et de Méphistophélès, sous cette course aux gibets, mettez la musique de Berlioz, vous aurez le dernier mot du
romantisme. Est-il assez insolemment planté
sur sa monture, ce diable ergoteur et sophisti-

apporter le recueil des dessins de Cornélius; nous plaçâ-
mes en regard les unes des autres les diverses scènes re-
présentées par les deux artistes, et Gœthe les ayant bien
et dûment examinées : — « Je n'ai point ici de jugement à
porter, reprit-il, car peut-être ne pourrais-je me défendre
d'un mouvement de partialité pour l'homme éminent et
correct qui m'a dédié son œuvre. Une simple remarque
cependant; ne semble-t-il pas que, dans quelques-unes de
ces estampes, le Français se déguise en Allemand, tandis qu'à son tour l'Allemand affecte le style et les manières d'un Français? Voyons la première page où tous les
deux ont pris la tâche d'*illustrer* la scène dans laquelle
Faust offre son bras à Marguerite sortant de l'église. Le
Faust de Cornelius me représente beaucoup moins un
Allemand, docteur en philosophie, qu'un Parisien du boulevard, tandis qu'au contraire je jurerais avoir rencontré
le Faust de l'artiste français devant le Münster de Strasbourg, au temps où Strasbourg appartenait à l'Allemagne. » Voilà de la critique judicieuse et qui rachèterait
bien des péchés de goût que le Gœthe des derniers jours,
un peu rabâcheur, un peu *philister*, se mettait sur la conscience comme quand il *bénissait* la prose de M. de Sal-
vandy dans *Alonzo*, ou qu'il proclamait chef-d'œuvre le
poème de Bouilly servant de texte aux *Deux Journées*.

7

queur ? Faust éperdu galope au secours de sa
victime, et lui, pendant ce temps, disserte ; il
épilogue, échange des sarcasmes avec les spectres, les pendus et les sorcières qui bordent la
route.

Témérité bizarre des jugements humains !
N'ai-je pas entendu de révérends critiques, des
critiques d'art, s'il vous plaît, raconter aux gens
bénévoles que Delacroix ne savait pas dessiner,
et leur en donner pour preuve cette estampe :
« Voyez ce Méphisto, s'écriaient-ils, quelle dé-
gaîne ! il n'est pas même en selle, et, posé de
la sorte, un cavalier ne tiendrait pas une mi-
nute. » Bien pensé, profonds aristarques ! Seulement, que voulez-vous ! le diable est le diable,
et cette qualité le dispense de pratiquer l'équi-
tation selon les règles de Pluvinel et du comte
d'Aure. Deux voyageurs galopent par la campagne ; l'un est un être humain, l'autre un démon ; il fallait d'un coup de crayon marquer la
différence, et ce que vous appelez une faute
pourrait bien être un trait de génie. — Continuons d'esquisser le paysage : Quelques-unes
de ces maisons avaient par derrière des petits
jardins enclos de murs ; sur les places étaient
des puits et des fontaines, où venait jaser le

menu peuple des servantes, et par les lourdes
portes fortifiées, la multitude, aux jours de
soleil et de fête, se répandait à travers champs.
Ce tableau, Gœthe l'avait partout sous les
yeux ; il le retrouvait à Francfort, à Strasbourg, à Leipzig, à Weimar même, où, devant
la maison qu'il habitait, sur une place étroite
et biscornue, dont l'aspect n'a du reste point
changé, se voyait le puits obligé avec son ras-
semblement nocturne de caillettes et de com-
mères.

Tel était le cadre indiqué dès l'origine ; à ce
pittoresque populaire de la première heure
vint plus tard se joindre tout un nouvel ensemble décoratif : les scènes à la cour de l'empereur dans la seconde partie, l'intermède classique et l'épilogue dans le ciel, qu'on serait
d'abord tenté de prendre pour de simples
appendices et qui se relient à la vie organique
de l'œuvre, en ce sens qu'elles procuraient à
Gœthe l'occasion d'exposer, de dramatiser ses
idées sur l'art classique et sur la manière dont
les maîtres de la renaissance ont compris l'antique et le symbolisme chrétien. Envisagé à ce
point de vue tout moderne du spectacle, ce
poème de *Faust* offrirait encore bien de l'inté-

rêt, et la chose est si vraie que c'est à qui désormais fouillera, pillera l'inépuisable répertoire de mise en scène. Peintres et musiciens,
tous en veulent. Privilège acquis aux seuls
chefs-d'œuvre de nous montrer des aspects
sans cesse variés, ils vivent comme la nature,
se renouvelant toujours, et le champ qui poussait du blé donnera demain des brassées de
fleurs... Le croirait-on ? ce *Faust*, aujourd'hui
si répandu sur toutes les scènes et sous toutes
les formes, ne parut pour la première fois au
théâtre qu'en 1828, et fallait-il encore que ce
fût en honneur du quatre-vingtième anniver-
saire du poète! Autrement, on n'aurait point
osé s'y risquer : le public n'avait jusqu'alors
vu que l'idée, et si la pièce s'était jouée, ce
n'avait guère été que dans les imaginations.
Gœthe cependant prévoyait d'autres destinées :
« Vous verrez, disait-il, qu'un Français se ren-
contrera pour dégager de là toute une grande
pièce à spectacle. » Il ne se trompait pas et la
chose existe ; cette œuvre qui devait, aux yeux
de Gœthe, être à la fois un drame, un opéra,
un ballet « une pièce à spectacle », dort à Berlin, enfouie quelque part dans un coffre dont
la famille Meyerbeer tient la clé, et, comme ces

princesses des comtes de fées, attend le moment où ceux qui la tiennent séquestrée lui
permettront enfin de voir le jour.

VI

Rousseau, que Gœthe admirait profondément, comme du reste il admirait tous nos
grands écrivains du xviiie siècle, lui avait in-
culqué la religion du paysage, à ce point que
jusqu'à ses derniers jours il vécut sous la dé-
pendance des saisons, consultant l'état du ciel
pour sa propre gouverne, tâtant le vent, inter-
rogeant les nuages, le vol des oiseaux. Ce flair
de la nature, si accentué dans *Werther* et dans
les Affinités électives, lui venait de Rousseau,
qui, le premier, avait eu l'idée de mettre
l'homme en constante et directe communication
avec les éléments et de faire sentir aux acteurs
de son drame qu'il fait jour quand le soleil luit
et nuit quand il se cache, et qu'il existe des
saisons dont l'influence s'exerce en même
temps sur les champs, les forêts, les eaux et
sur le cœur de l'homme, choses généralement
trop ignorées des écrivains de l'âge précédent.

Les romans de Rousseau sont pleins de ces
descriptions où la nature s'anime, parle et se
colore au gré du poète ; *Werther* contient dans
cet ordre de style des beautés incomparables,
et s'il vous plaît d'être informé à fond, si vous
êtes curieux de savoir tout ce que Gœthe a
retiré de cette longue pratique des écrits du
philosophe de Genève, prenez le monologue de
Faust dans la chambre de Marguerite, quand,
seul et pour la première fois respirant l'atmosphère de la femme aimée, il soulève les rideaux
du lit, passe en revue les meubles et goûte une
félicité divine à s'imprégner, à se saturer des
émanations virginales partout répandues ; puis,
quand vous aurez lu, récité ces admirables
vers, tournez-vous du côté de Rousseau, regardez Saint-Preux franchir le seuil de la chambre de Julie et recueillez, comparez vos impressions ; c'est la même scène : « Me voici
dans le sanctuaire de tout ce que mon cœur
adore. Que ce mystérieux séjour est charmant !
O Julie, il est plein de toi et la flamme de mes
désirs s'y répand sur tous tes vestiges. Oui,
tous mes sens sont enivrés à la fois ; je ne sais
quel parfum, presque insensible, plus doux que
la rose et plus léger que l'iris, s'exhale ici de

toutes parts ; j'y crois entendre le son flatteur
de ta voix ; toutes les parties de ton habille-
ment éparses présentent à mon ardente imagination celles de toi-même qu'elles récèlent ; cet
heureux fichu contre lequel, une fois au moins,
je n'aurai point à murmurer ; ce déshabillé élé-
gant et simple, qui marque si bien le goût de
celle qui le porte ; ces mules si mignonnes,
qu'un pied souple remplit sans peine, em-
preintes délicieuses, que je vous baise mille
fois... Julie ! ma charmante Julie, je te vois,
je te sens partout, je te respire avec l'air que
tu as respiré (1). »

A cette préoccupation des influences telluri-
ques se joignait chez Gœthe un esprit de superstition qui se trahissait par toute sorte de
manies, et dont une anecdote, transmise à nous
jadis par le vieux chancelier de Müller, porte
un bien singulier témoignage. On connaît la
fameuse entrevue d'Erfurth et par quelle parole mémorable elle débuta ; l'empereur ne s'en
était point tenu là, et gracieusement, il avait
offert à Gœthe et son portrait en miniature et
le brevet de la Légion d'honneur. Ce portrait,

1. Rousseau, *la Nouvelle Héloïse*, t. II, p. 24.

suspendu près du miroir de sa chambre à coucher, était à la longue devenu pour Gœthe un
objet de dévotion particulière. Arrive la catastrophe de Waterloo ; Gœthe en reçoit la première nouvelle et spontanément refuse d'y
croire. La rumeur gagne de proche en proche,
il s'entête à nier, malmenant les visiteurs qui
n'ont point honte de colporter un pareil bruit.
Cependant, le soir venu, il monte se coucher, et
cherchant la miniature de Napoléon, il s'aperçoit qu'elle est tombée par terre, et, tandis que
son secrétaire se baisse pour ramasser le cadre : « Que veut dire ceci ? murmure-t-il, un pareil accident ! mais alors il faut que la nouvelle
de ce matin soit vraie ! »

Comme phénomène historique, l'empereur
produisait sur Gœthe une si prodigieuse impression que tous les efforts tentés contre
lui devaient fatalement échouer. De son premier coup d'œil, Napoléon avait pénétré au
fond de l'homme, et Gœthe, si imperturbable
qu'il fût, s'en était senti tressaillir. A cet admi-
rateur de la force jamais plus imposant spectacle n'était apparu. Ce chef d'une armée invincible au milieu de ses maréchaux, tous éclatants
de vaillance et d'entrain, exempts de préjugés,

resplendissants de santé, d'ambition, habitués
à n'avoir affaire qu'au succès, et avec cela fami-
liers, bons princes, nullement étrangers aux
questions d'art et de science, comme en présence d'un tel soleil et de ses satellites pâlissait
Frédéric le Grand, qui n'avait lui qu'à marcher
à la tête d'une nation traitable et souple, alors
que ce Napoléon, était en avant d'un peuple
ivre de liberté qui se ruait à cheval sur l'Europe, disciplinant ses propres troupes par la
victoire ! On a souvent à ce propos accusé Gœthe d'avoir manqué de patriotiste. Il faudrait
s'entendre : Gœthe, après avoir sa vie entière
cru à la politique du passé, voyait s'écrouler
comme par miracle toutes les dynasties. Un
conquérant s'était levé, un Attila, mais moins
barbare, à ce qu'on pouvait supposer, puisqu'il
goûtait *Werther* et s'en était fait une sorte de
vade mecum dans ses campagnes ; à l'approche
de cet Alexandre dont rien n'empêchait Gœthe
de se croire un peu l'Aristote, empereurs et
rois rentraient sous terre. Que conclure ? Accepter le fait historique et l'étudier anatomique-
ment. Mieux eût valu sans doute réagir, mais
Gœthe avait soixante-quatre ans ; à cet âge on
ne se refait pas, comme dit le bon sens vulgaire :

« Chanter l'hymne de guerre au bivouac, tandis qu'aux avant-postes ennemis les chevaux hennissent, à la bonne heure ! mais c'était l'affaire de Théodore Kœrner et non la mienne ; nature jeune et militaire, les refrains guerriers lui vont bien ; chez moi ce n'eût jamais été qu'un masque, et je ne hais rien tant que les grimaces ! » Du reste ce scepticisme politique était alors partagé par toute une classe d'esprits supérieurs mis hors des gonds par les convulsions du sol européen, et que leurs traditions de famille, comme leurs principes d'éducation, rattachaient au passé. « L'exaltation de notre pays me semble une chose risible ; nous partons en guerre comme un peuple de dons Quichottes ; *l'impulsion qui devrait nous venir d'en haut nous vient d'en bas.* De quelle manière tous ces éléments hétérogènes réussiront à se combiner dans les circonstances désastreuses où nous sommes, j'avoue que je ne le comprends pas, j'y assiste comme à un miracle, avec une froideur et un détachement qu'il convient de taire. » Ainsi s'exprime un gentilhomme du temps, le comte de Gesler, dans une lettre à la patriote Caroline de Wolzogen.

Gœthe ne pouvait penser différemment ; ce

que Schiller aurait pensé, s'il eût vécu, ce qu'il
eût fait, c'est autre chose. Schiller avait au
cœur toutes les flammes de la révolution. Il
est vrai de dire que lorsque la convention nationale décernait à Schiller son diplôme de
citoyen français, la révolution était pure encore
de tout attentat contre la liberté des autres
peuples. Bonaparte, ce fléau de Dieu dans l'a-
venir, n'apparaissait alors au monde que sous
les traits d'un héros d'épopée. Pour Schiller,
ce furent des années de joie et d'espérance ;
l'auteur de *la Pucelle d'Orléans* avait des sym-
pathies toutes françaises. Il comptait que l'expérience tentée par nous réussirait à souhait
pour le bonheur de son pays, et c'était avec des
transports d'enthousiasmes qu'il voyait, en
France comme en Italie s'écrouler l'édifice ver-
moulu des ancienes institutions. Schiller, s'il
avait eu l'occasion de prendre une part active
aux évènements, eût été ce que nous appellerions aujourd'hui un radical ; il avait dans le
sang le dogme de la souveraineté du peuple.
Étudiez son théâtre, et les exemples ne vous
manqueront pas. La légitimité de la reine Éli-
sabeth n'ôte rien aux droits non moins légitimes
à l'insurrection de sa Marie Stuart ; Jeanne

d'Arc, c'est le peuple invincible dans sa force
tant que les passions égoïstes n'interviennent
pas ; Wallenstein est le génie d'une armée dont
l'effort valeureux avorte par l'incapacité d'un
misérable empereur et les compétitions détestables de chefs n'obéissant qu'à des vues personnelles. Les héros de Schiller sont toujours
de grandes natures en lutte avec les circonstances politiques qui les enlacent, les étouffent
comme des serpents ; Gœthe ignore cet élan de
révolte contre la donnée de l'histoire. Vous vous
souvenez d'une scène d'*Egmont* où Claire, éper-
due, court la ville implorant les bourgeois, qui
la regardent fixement, froidement : c'est la manière dont Gœthe envisage le peuple dans l'histoire. Comme particulier et même dans la pratique de sa vie publique, comme ministre de
son grand-duc, vous le trouverez toujours humain et faisant le bien, mais le peuple pris en
masse ne l'intéresse pas, il ne connaît que les
individus. Les idées de réorganisation universelle émises par la révolution française, et telles
que tout le monde les comprend aujourd'hui,
n'avaient aucun sens pour Gœthe, à ses yeux,
la politique comme nous l'entendons n'existait
pas. En Italie, où rien ne lui échappe des mœurs

locales, il néglige les vues d'ensemble sur la
situation du pays, passe les gouvernements
sous silence. Il prend la politique comme elle
est et ne s'en inquiète ni plus ni moins que du
climat. En présence du gouvernement de l'église,
l'idée ne lui vient pas que ces misérables popu-
lations puissent jamais se relever de leur abais-
sement. Raphaël et Michel-Ange, les galeries
du Vatican et les souvenirs de l'histoire, les
ruines du Palatin festonnées de lauriers roses
et les montagnes de la Sabine avec leur perspective inaltérable, voilà ce qui le possède, le
passionne, et tel il fut à Rome en 1786, tel
nous le retrouvons devant les évènements de
1813 : artiste d'abord, philosophe toujours, et
ne s'intéressant à la politique que par le côté
spéculatif, esthétique.

Cette doctrine de la souveraineté nationale,
que Rousseau lui avait enseignée, tout au plus
la croyait-il praticable pour des Français, mais
pour des Allemands, il fallait voir et surtout
attendre ; Gœthe ne se fiait qu'à son expérience
personnelle, il faisait tout avec méthode. Quand
il voulut savoir ce que c'était que le courage
militaire, il fit campagne pour son propre
compte et nous le voyons à Valmy étudier, au

milieu de la cannonade, les divers symptômes
d'une fièvre contagieuse qu'il n'a décrite qu'a-
près se l'être bien dûment inoculée. Mais ce
personnage d'ancien régime se distinguait des
autres gens de cour, de congrès et de protocole
en ce sens que, s'il n'avait rien oublié, il pouvait tout prétendre. *Nil humani a me alienum
puto.* C'était un homme. Les réactionnaires de
cette espèce ne sont jamais à redouter pour le
progrès humain, et je souhaiterais de grand
cœur que notre siècle en fût pavé : la républi-
que et la société ne s'en porteraient que mieux.
Gœthe se disait que l'époque à laquelle on allait
assister, après tant d'éruptions et de tremble-
ments volcaniques, ne pouvait être qu'une époque d'épuisement, de recueillement et de prépa-
ration. Ses entretiens pendant les dix dernières
années de sa vie, nous le montrent en pleine et
active communication avec les idées ; que la
politique n'exerçât guère alors sur lui qu'une
influence très secondaire, que notre révolution
de juillet ne l'émût point à l'égal d'une querelle
de savants (1), il n'y a là qu'un phénomène fort

1. On sait la manière dont il accueillit un Français au
lendemain de la révolution de juillet. — « Quel état de

explicable et par la constitution physiologique
et par l'âge de l'individu. Gœthe n'assistait plus
à ce qui se passait qu'en simple spectateur;
mais tout en sentant bien que l'évolution ne se
faisait pas pour lui, il s'irritait contre l'antagonisme des gouvernements. Cette rage idiote
de conservation où s'abandonnait l'Europe monarchique l'indignait sourdement. Protester à
voix haute son grand âge et sa position, ses
attaches officielles de tous les temps, l'en empêchaient. Un moyen terme s'offrait heureusement ; n'avait-il point là son *Faust,* le vieux
grimoire à tout usage, le livre magique et sem-
piternel propre à recevoir toutes les confidences
le *testimonium artis et vitœ,* où vinrent se classer
à leur date les scènes politiques de la seconde
partie? La réaction qui suivit en Allemagne
les guerres pour l'indépendance l'avait péniblement
affecté, lui et son prince. « L'indignité de
l'heure présente » le consternait et, dans l'ab-

choses, monsieur! quel évènement! » Et comme le visi-
teur s'épanchait en condoléances sur le sort de la famille
royale : — « Il s'agit bien de Charles X et de la dauphine! »
répliqua Gœthe, qui s'était mépris et croyait qu'on voulait
lui parler des discordes scientifiques de Cuvier et de
Geoffroy-Saint-Hilaire.

sence de liberté de la presse, son diable familier
lui servit d'organe. Méphistophélès, en qualité
d'aide de camp, accompagne Faust chez l'empereur ; Gœthe saisira cette occasion pour émettre
ses vues et sa critique, tout en se maintenant
dans la généralité, il s'arrangera de manière
que chaque trait porte, et son vers machiavéli-
que, irréprochable aux yeux de la censure,
n'en atteindra pas moins l'état de choses. Ironie assurément fort bénigne et qui ressemble à
ce genre d'opposition que j'ai vu de mes yeux
Alexandre de Humboldt mener sous cape à la
cour de Frédéric-Guillaume IV. En matière de
libéralisme, comme en toutes les choses de ce
monde, il y a manière de s'y prendre avec goût.
Chacun fait ce qu'il peut, et l'histoire ensuite
prononce.

VII

Goethe qualifie « d'incommensurable » cette
tâche qu'il s'était imposée de laisser son travail dormir par intervalles pour ne le reprendre que lorsqu'il se sentait lui-même en
des conditions spéciales de maturité. Et qu'on

ne s'y trompe pas, c'est à ce procédé systéma-
tique d'élaboration, à cet *experimentum in in-
genio proprio et anima,* que l'œuvre doit d'être
ce qu'elle est : un mouvement de culture historique bâti pour des siècles. La première partie de *Faust* telle que nous la possédons aujour-
d'hui parut pour la première fois en 1808, immédiatement avant *les Affinités électives* et la
Théorie des couleurs ; Riemer et Eckermann font
remonter les origines du drame à 1769, époque
d'incubation et de production, où Goethe se
livrait à toute sorte d'études théosophiques
sans lesquelles un tel ouvrage n'aurait pu être
écrit. Ses lettres du moment ne parlent que de
pierre philosophale, de mandragores et de sorcellerie. Ce qu'on sait, c'est que, dès l'automne
de 1774, il en lisait déjà diverses scènes à ses
amis. « J'ai passé la journée tout entière avec
Goethe, son *Docteur Faust* est presque achevé
et me semble être ce qu'il a produit de plus
grand et de plus original » (Lettre de Boïe, 15
octobre 1774). Vers le même temps, le célèbre
médecin hanovrien Zimmermann écrivait à un
libraire de Leipzig : « Pour peu que vous soyez
sorcier, usez de votre sorcellerie pour soutirer
à Gœthe son *Docteur Faust,* l'Allemagne n'a

encore rien vu de pareil, et je vous conseille
de l'imprimer. » Plus tard, lorsqu'en 1786,
Gœthe fit le voyage d'Italie, il emporta son
manuscrit de *Faust*, dix ans s'étaient écoulés
sans que les fragments se fussent beaucoup
complétés, et il n'y avait guère apparence que
le ciel de Rome amenât à bon terme cet em-
bryon littéraire qui produisait sur son auteur
« l'effet d'un vieux code. » Une nouvelle scène
pourtant y prit naissance, la scène chez la sorcière, et l'opération eut lieu dans les jardins
de la villa Borghèse. Rentré à Weimar, *Torquato Tasso*, *Iphigénie*, allaient occuper le poète.
C'était plus qu'une distraction, c'était un tout
autre art, et dont quelques scènes de *Faust*,
venues sous la conjonction de ces deux astres,
portent l'empreinte : le monologue dans la forêt,
par exemple, si haut monté en pathos classique et qui sent d'une lieue la tirade. C'est
même un curieux et délicat plaisir à se donner,
quand on le peut, que d'étudier *Faust* à ce point
de vue des divers stylés. Œuvre congénère de
toutes les autres, *Faust* devait renfermer des
échantillons de tous les styles du maître, et de
même que l'idéalisme classique a déteint sur le
monologue de la forêt, de même cette admira-

ble scène de la prison emprunte son laconisme
populaire à la technique des *Ballades*. « *Faust*
est entièrement *fragmenté*, c'est-à-dire que le
voilà complet à sa manière », écrivait Gœthe
en 1787 ; l'édition de 1780 n'était donc que le
fragment d'un fragment et contenait à peine la
moitié de ce que nous appelons aujourd'hui *le
premier Faust*, l'épisode seule de Marguerite s'y
dessinait dans son ensemble ; encore y man-
quait-il, avec la scène de la prison, la scène
au puits, et celle de la prière à la *Mater dolorosa*.

Mince était le volume, l'effet produit fut en
proportion ; il s'en fallut et de beaucoup que
l'immense succès de *Goetz de Berlichingen* et de
Werther eût sa réplique. Les circonstances d'ailleurs s'y opposaient : on était en 1790, et ce qui
se passait en France absorbait partout l'attention. L'ouvrage néanmoins marqua sa place.
Les sommités du jour s'y intéressèrent : « C'est
le torse d'Hercule ! » s'écria Schiller à première
vue (1) ; mais le chef-d'œuvre ne se dégagea

1. Mot superbe et d'un noble cœur ! Lessing en revanche spéculait sur la déroute. Il avait également en poche
son *Docteur Faust*, dont il retardait la publication, se ré-
servant en bon confrère de n'entrer au jeu qu'après Gœ-

vraiment que de l'édition de 1808. Entre temps
la forme s'était élargie, et de plus le siècle avait
marché. Le moyen-âge reprenait faveur, la
mode se tournait à ces études historiques et
mythologiques qui servent de base au poème
et, — brochant sur le tout, — la rencontre avec
Napoléon, la consécration donnée à Gœthe par
le héros, que de motifs pour une apothéose ! La
cristallisation s'était faite ; *Faust* comme *Werther* eut sa légende, il était lancé. « Il n'est
bruit à cette heure que d'une publication, quelque chose de colossal que les drapeaux déployés
de la guerre nous avaient jusqu'alors empêché d'admirer : du Shakespeare posthume, je
veux parler du *Faust* de Gœthe, dont la descente aux enfers est un paradis pour le lecteur. »
A ce lyrisme alambiqué vous devinez Jean-
Paul, et tous les cercles littéraires, esthétiques,
philosophiques, politiques, militaires d'emboîter le pas ; classiques et romantiques, les vieux
comme les jeunes, n'ont qu'une voix. « Que
vous semble, écrit Wieland non sans quelque
ironie et persiflage à son ami Bottiger (juin

the, pour le mieux battre. « Mon *Faust* est happé par le
diable ; mais je prétends, moi, happer à Gœthe le sien. »

1808), que vous semble de cette nuit de Wal-
pürgis du roi de nos génies? Après nous avoir
montré qu'il savait être Michel-Ange et Ra-
phael, Corrège, Titien, Rembrandt et Durer,
voici qu'il nous joue et qu'il se joue à lui-même
le tour de nous montrer qu'il n'a qu'à vouloir
pour être aussi un second Breughel d'Enfer !
J'avoue que j'attends avec une indescriptible
ardeur la deuxième partie de cette tragédie
unique en son genre; dont on peut dire à bien
plus juste titre que de *Wilhelm Meister* qu'elle
exprime et résume les tendances non pas seulement du dernier siècle, mais de tous les siècles,
depuis Eschyle et Aristophane. »

Rahel et sa coterie de Berlin évangélisaient
au nom du *Docteur Faust;* Stein, lui-même, le
grand Prussien, cédait au charme séducteur, et
naïvement, comme un vrai politique égaré en
pays littéraire, demandait en 1808 à son libraire
de lui envoyer tout de suite la seconde partie.
Le cycle allait s'ouvrir de la canonisation définitive par les commentaires et l'illustration.
Rien ne démontre le chef-d'œuvre dans sa domination souveraine comme cette salutation
angélique des autres arts venant à lui en pro-
cession, qui avec ses pinceaux, qui avec son

orchestre, qui avec sa plume ? Les peintres d'a-
bord : Cornelius, Schnorr, Eugène Delacroix,
Retzsch, Ary Scheffer, Kaulbach, Leys ; puis
les musiciens : Schumann, Spohr, Berlioz, Liszt,
Rubinstein, Gounod, Arrigo Boïto (1), sans
nommer Beethoven, qui s'en inspirera un peu
partout, mais vaguement et en dehors de tout
programme, quoi que prétende Richard Wagner, qui veut absolument voir *Faust* dans la
neuvième symphonie. J'ai parlé des commentateurs. Oublierai-je les poètes Byron et son
Manfred, Shelley et toute cette pléiade de lyriques russes et polonais dont le scepticisme emprunte à Faust ses accents d'amertume et de
révolte ? Lenau, Heine, se mêlent au concert,

---

1. *Mefistofele*, grand opéra en cinq actes, représenté à
Milan en 1876, et à Rome l'hiver dernier avec succès.
Pour la première fois, l'œuvre du poète est abordée dans
son ensemble, et l'innovation a pleinement réussi. L'auteur s'essaie à combiner les éléments dramatiques des
deux parties. C'est incomplet sans doute et souvent on
croit assister à des effets de lanterne magique, mais c'est
très curieux, très amusant ; le prologue qui se passe dans
le ciel ou plutôt dans les limbes renferme un chœur
d'une grâce adorable ; les âmes des nouveau-nés s'en
vont par le vide errantes et chantantes. Vous diriez en
musique du Fra Angelico.

apportant l'un sa note élégiaque, l'autre son
ironie, et de cette humoristique Méphistophéla
de l'auteur des *Reisebilder* une série de variantes sortira. Il n'est pas pire parodie que celle
qui se prend au sérieux ; nous aurons ainsi des
Faust sans Méphistophélès et des Faust qui
épousent Marguerite comme la Dame blanche
épouse l'officier. Le drame de Gœthe serait en
ce sens le plus prolifique des chefs-d'œuvres ;
ni *Hamlet*, ni *Don Juan* n'ont fait souche à ce
point. Chaque année voit naître des dérivés
nouveaux, mais Saturne dévore ses enfants et
continue à régner seul.

De l'esprit, de l'imagination et de la verve,
tout le monde en a plus ou moins ; ceux qui ont
inventé les fictions telles quelles dont je parle
en avaient, ceux qui viendront après en auront
aussi, cela ne les avancera pas davantage. C'est
que les œuvres faites pour s'emparer du genre
humain ne pèsent pas seulement par le talent
qu'on y met, elles comptent surtout par les
questions qu'on y agite. Il fut pour l'humanité
une période d'aurore où tout dans l'homme
marchait d'accord, où les instincts physiques
ne faisaient qu'un avec les aspirations de l'intelligence, période qui se répète chaque jour

dans chaque individu. L'enfant ne connaît ni
morale, ni philosophie, ni physique, ni poésie ;
il vit et se laisse vivre ; mais qu'il grandisse, et
plus tard entre l'instinct de nature et l'esprit
de culture inévitablement naîtra le conflit. Concilier, équilibrer ces éléments, qui se repous-
sent, rassembler sous une loi sociale d'humanité la totalité de notre être agissant et pensant,
que dirait un auteur dramatique si vous lui
proposiez un pareil sujet ? Il vous conseillerait
d'aller trouver Hegel, Alexandre de Humboldt,
tel grand philosophe ou tel savant illustrissime,
lesquels écriraient là-dessus des pages et des
volumes que personne ne lirait. Il est vrai qu'à
votre premier argument vous pourriez joindre
l'anecdote d'une jeune fille mise à mal par un
nécromant qui, pour accomplir son bel exploit,
a besoin que le diable l'y aide. Nouvelle décon-
venue, car il va de soi que l'auteur dramatique,
pour peu qu'il fût *littéraire*, trouverait le programme fort au-dessous de son génie et digne
tout au plus d'occuper la muse d'un brocanteur
du boulevard. C'est ici que Gœthe intervient.
Amalgamer, fusionner les deux puissances, être
Alexandre de Humboldt et Shakespeare, décou-
per en tableaux inoubliables l'action la plus

émouvante et la plus terrible, mêler le symbole
au réel, festonner, enguirlander de romantisme
ce que la nature a de plus brutal et poursuivre
en même temps sa thèse, une thèse, nous venons de le voir, qui n'a rien de la circonstance,
qui n'est particulièrement ni allemande, ni an-
glaise, ni française, ni russe, ni turque, ni chi-
noise, ni persane (1). mais qui relève de tous
les pays et de tous les temps ; satisfaire tous les
publics, celui qui s'amuse et celui qui pense, et
par-delà tous les publics saisir l'humanité, la
remuer, l'émouvoir, l'enseigner et la renseigner,
l'occuper toujours, être un spectacle pour les
yeux, un poème pour l'imagination et pour la
méditation une bible : voilà *Faust !* Permis à
chacun d'interpréter à sa manière l'œuvre d'un
poète ; l'important est de savoir si les idées
que nous y voyons sont en effet bien celles du
poète. *Faust*, comme toutes les épopées, contient nombre d'allégories, mais les personnages
sont des êtres humains, des individus agissant
et pensant humainement, même alors que le

1. Jusque dans le *Schah-Nameh* de Firdousi, vous re-
trouvez l'idée. Qu'on se rappelle le tyran Sohak et ses
rapports avec Éblis, le génie du mal, c'est l'histoire du
pacte de Faust avec Méphistophélès.

surnaturel les enveloppe, ce qui fait si remuant,
si passionnant et si réel ce drame de la vie in-
tellectuelle. Un philosophe du temps de la réfor-
mation ou, si vous aimez mieux, du XVIIIᵉ siècle, un grand penseur, pris de dégoût pour la
science impuissante à le satisfaire, se livre au
tumulte de l'existence ; il n'en a pas fallu davantage à Gœthe comme argument. Retournons
la thèse ; supposons un homme désabusé de
l'action, à bout d'empirisme et se convertissant
à la science, à la pensée, il y aurait là également tout un problème à résoudre, non moins
intéressant pour l'humanité. Qui le fera? Eh !
mon Dieu, le premier venu, pourvu qu'il ait du
génie comme Gœthe et quatre-vingts ans à vivre
en y pensant toujours.

III

LE POÈTE GRILLPARZER ET BEETHOVEN

Vous cherchiez un esthéticien et vous vous trouvez en présence d'un poète de génie; comment cette bonne fortune m'advint, ce sera, si vous voulez, le sujet de cette étude. J'ai connu presque tous les poètes de mon temps, je tiens même à grand honneur d'avoir été l'ami de quelques-uns des plus illustres, et parmi ceux-ci, comme parmi les *minores*, il ne m'était encore point arrivé d'en rencontrer un seul pour qui la musique fût autre chose qu'un tiroir à lieux-communs plus ou moins variés. On la cite, on l'invoque à tort et à travers; « ses accents, ses accords, ses rythmes, ses mélodies, ses modulations » servent à l'ornement du morceau de peinture; à ces termes du vocabulaire banal, presque toujours détournés de leur sens technique, se joignent complaisamment des noms de maîtres : Palestrina, Mozart, Pergolèse, Cimarosa, — ce dernier surtout qui,

francisé, rime avec rose, — et c'est à peu près
tout. Nos poètes ne sont pleins que de ces
fades ritournelles dont s'importune l'oreille d'un
dilettante de deuxième année et dont le goût
d'un vrai connaisseur s'horripile. On trouve
tous les jours des musiciens qui sont des poètes
mais un poète sachant la musique et capable de
l'associer au propre génie de son art, était-ce
donc qu'un pareil phénomène ne se rencontrerait
jamais? Vainement, nous l'avions cherché en
France d'abord, puis en Italie, en Allemagne ;
il existait pourtant, mais en Autriche, au pays
de Haydn, de Mozart, de Schubert, et c'est là
que nous avons à la fin déniché l'oiseau rare.

Je parle d'un poète ayant appris la musique,
la goûtant et la pratiquant, non point seulement en état d'écrire une tragédie, mais au
besoin, d'en composer aussi la symphonie. Le
Viennois Grillparzer fut cet homme. On a de
lui des quatuors et divers morceaux de chant
qu'il s'improvisait à son piano, le soir, au gré
de ses dispositions morales, tantôt une ode
d'Horace, *Integer vitæ*, tantôt un lied de Heine,
le tout sans grande originalité et n'offrant
d'ailleurs d'intérêt que celui qui s'attache à la
personne de l'auteur, mais excellent comme

témoignage d'éducation. C'est assez de ce style
sincère et correct, de cette écriture vous rappelant la main d'Haydn pour sanctionner l'autorité du poète ou de l'esthéticien, chaque fois qu'il
lui conviendra d'invoquer la musique dans ses
vers, ou d'en discourir dans sa prose. Grillparzer n'a point fait de livre d'esthétique musicale,
mais on peut dire que la musique est la mère
de ses vers et de sa littérature : il a semé un
peu partout à la manière de Jean-Paul des
idées concordantes, qui, tout éparses qu'elles
soient, donnent à réfléchir et, ramassées en
gerbe, formeraient un corps d'ouvrage.

I

Mais avant d'aller plus loin, arrêtons un
instant pour répondre au lecteur qui nous
demande ce que c'était en somme que ce Grillparzer, qu'on ne connaît chez nous ni par tra-
duction ni par commentaire. Byron disait de
lui qu'il avait un nom bien difficile à prononcer
mais auquel la postérité s'habituerait. Grillparzer fut un Autrichien de génie, qui, au lieu
d'écrire son théâtre et ses livres en tchèque ou

slovaque, les a faits en allemand, ce qui est
cause que l'Allemagne ne l'a jamais adopté.
Entre l'Allemagne et l'Autriche les antagonismes ne se comptent pas, et tous les Bismarck
du monde et tous les Kalnoky y perdront leur
diplomatie. Antagonismes de nationalité, de
religion, d'intérêts politiqnes et de cultures;
dirai-je aussi antagonisme de littérature? Je
n'oserais, attendu que jamais, au bord du Rhin,
du Mein ou de la Sprée, on n'admettra qu'il
existe une littérature au bord du Danube.

A ce tort d'être né en Autriche Grillparzer
en joignait un autre; il s'y localisa et mit sa
gloire à s'identifier avec les traditions historiques, les grands hommes et la nature pittoresque d'un pays dont il resta toujours l'enfant exalté, attendri, attristé, douloureux et
casanier. L'Europe n'aurait pu le connaître que
par l'intermédiaire de l'Allemagne, et l'Allemagne lui tournait le dos pour bien des raisons,
dont la moindre était cette répugnance qu'ins-
pirait alors aux esprits libéraux toute prove-
nance d'un empire soumis à l'obscurantisme
d'un Metternich. Ce qu'il aurait fallu à Grillparzer, c'eût été un éditeur capable de dépayser
sa renommée de la centraliser à Stuttgart ou à

Francfort et, comme nous dirions aujourd'hui de « Lancer » son homme. Mais, que voulez-vous ? La destinée a ses hasards ; souvent même quand on l'accuse elle est plus innocente qu'on ne croit. Tel qu'on lui reprochera, d'avoir négligé s'est volontairement écarté d'elle. Pourquoi, dans ce triste désert de la vie, dont l'art pour quelques-uns est l'oasis, ne se rencontrerait-il pas aussi bien des originaux passionnés de silence et de solitude? « Faire et laisser dire » nous conseille un proverbe ; il y a mieux : Faire et laisser taire! L'auteur de *l'Aïeule*, de *Sappho*, de *la Trilogie des Argonautes* a accompli ce programme, et la faute n'en doit être qu'aux circonstances s'il ne nous vient pas de l'inscrire immédiatement au-dessous de Schiller et de Gœthe. Du reste, il savait sa valeur, n'étant point de ceux qui empochent les impertinences. Vous connaissez l'histoire de cet évêque qui se promenait dans un étroit sentier avec un séminariste par derrière et voulant se passer la fantaisie d'interloquer le bon jeune homme, lui demanda comment il dirait en latin : « Je suis un âne. » Si bien que le bon jeune homme lui répondit : *Asinum sequor*. Grillparzer appartenait à la famille de ces innocents

prompts à la riposte, et mal en prit à Gœthe
d'essayer de jouer vis-à-vis de lui le personnage de l'évêque. Il avait vingt-cinq ans, lorsqu'au lendemain de ses deux grands succès de
l'Aieule et de *Sappho*, il fit le voyage de Weimar ;
une grosse déception l'attendait là. Il était
jeune, chaleureux, spontané : Gœthe était
vieux.

Lamartine vieilli, qui me traite en enfant...

A la place du poète de son admiration, il rencontra le quiétiste en parfaite contradiction
avec son passé, l'homme circonspect, ponctuel
et solennel qui ne pardonnait plus qu'à lord
Byron ses coups d'audace. « Il me reçut comme
un père, mais comme un père qui serait empereur. Tant de condescendance, de dignité, de
majesté se mêlait à la bonne grâce de son accueil que, lui ayant été présenté le soir chez le
grand-duc, je résolus de partir le lendemain
matin sans aller frapper à sa porte. » Il réfléchit pourtant et dit très sagement que toutes
ces manières n'empêchaient point l'auguste
vieillard d'avoir été dans sa jeunesse l'auteur
de *Werther* et de *Faust*. Peut-être aussi faudrait-

il croire que Gœthe s'était aperçu du mauvais
effet de son attitude. Quoi qu'il en soit, le lendemain en s'éveillant, Grillparzer recevait,
pour le jour même, une invitation à dîner chez
l'archi-maître. Il s'y rendit et cette fois la glace
fut rompue : « Gœthe vint au-devant de moi les
mains ouvertes, aussi chaleureux qu'il m'avait
la veille paru froid. Soyons sincère et ne rou-
gissons pas d'un bon mouvement ; à l'annonce
du dîner et quand il s'offrit à me conduire vers
la salle à manger, je sentis mes yeux se mouil-
ler à l'idée que je me faisais et que je me fais
encore de ce grand homme, de ce personnage presque mythique dont le bras s'appuyait
sur le mien. Gœthe affecta de ne s'apercevoir de
rien, il voulut me placer à côté de lui et causa
d'un si bel entrain pendant tout le dîner que
les convives n'en revenaient pas. »

Dès son retour à Vienne, le poète se reprit à
l'œuvre, il donna : *la Vie est un songe*, drame
romantique très haut en couleur, que suivit
presque aussitôt : *Héro et Léandre*. C'était la
note classique qui se réveillait avec bien du
charme, quoique un peu monotone. Une tragédie classique n'étant jamais qu'un cinquième
acte divisé en cinq parties, je me suis demandé

souvent pourquoi l'auteur ne se bornait pas à
nous servir purement et simplement le cinquième acte. Cette fable d'Héro et Léandre, par
exemple, savez-vous rien de plus adorable ?
C'est le Roméo et Juliette de l'antiquité. Le
malheur veut que l'élément poétique y prime
trop le drame. Grillparzer, qui sentait le danger, a cru le conjurer en intitulant sa pièce :
les Orages de l'amour et de la mer. Ce n'était
qu'une erreur de plus, tout symbolisme ayant
au théâtre cette propriété de tuer l'action. Héro
rencontre Léandre dans le bois sacré, quelques
paroles échangées et les deux jeunes cœurs ont
cessé de s'appartenir. Vous pensez tout de suite
au coup de foudre pendant le bal chez Capulet.
Oui, sans doute, mais la nouvelle italienne prête
au développement : que de choses-là pour un
Shakespeare ! La couleur, le décor, le costume,
tandis qu'avec l'antique, c'est le nu, le nu physique et psychique. Vous aurez beau tourner et
retourner le sujet, impossible d'y rien trouver
que des groupes. On ne fait pas du théâtre avec
de la statuaire. Schiller le savait mieux que
personne et néanmoins l'obsession fut telle qu'il
ne s'en délivra qu'en accouchant de sa ballade
restée célèbre. Je mets en fait qu'il n'est point

de poète, point d'artiste qui n'ait, à certain jour, subi le magnétisme d'un de ces sujets-sphinx d'autant plus fascinateurs que vous sentez qu'ils sont impossibles. Meyerbeer aussi avait fait ce beau rêve d'un « Héro et Léandre » en voyant la Grisi et Mario poser devant ses yeux, et son rêve dura si longtemps que, lorsqu'il se réveilla pour chanter, le groupe idéal avait passé fleur. — La tragédie d'*Héro et Léandre*, qui fut à Vienne un immense succès, ne saurait avoir pour nous qu'une importance épisodique, et si nous voulons nous rendre compte des visées du poète, mieux nous vaudra d'interroger le premier de ses grands ouvrages classiques.

Qui dit supériorité, dit exil ; toute supériorité a dans son ombre la mélancolie et, par suite, le désespoir et le suicide. Telle est l'idée morale de *Sappho*. Le génie apporte en naissant une malédiction qui le poursuivra jusque dans ses triomphes pour l'atteindre et le frapper à mort, le jour qu'il essaiera de se mêler aux hommes et de vivre de la vie commune. Malheur à lui s'il sort de son isolement, et malheur à l'insensé qui s'attache à ses pas ! Il paiera de son repos l'illusion d'un moment. Sappho n'a connu que l'admiration des hom-

mes ; lasse de bruit et d'applaudissements, elle
aspire désormais à l'amour, oubliant ses travaux, ses luttes et que, jeune encore, elle a
déjà son printemps derrière elle. Aimer, être
aimée ! une femme si grande qu'elle soit,
n'échappe pas à cette loi ; il faut que son cœur
se dépense et qu'elle aime, n'importe comment,
sans se rendre compte elle-même si c'est comme
une sœur, comme une amante, comme une
mère ou comme toutes les trois ensemble.
Attendons-nous à voir l'amour de Sappho
répondre à cette origine, et gare à l'infortuné
qui le subira dans ses alternatives orageuses !
« Qui n'a pas connu l'amour de cette femme ne
connaît pas le malheur », a dit quelqu'un d'une
Sappho moderne. La poétesse antique person-
nifiera cet idéal de mobilité, d'agitation et
d'impitoyable persécution dans la tendresse.
Vieillissant et doutant d'elle-même, comme elle
a toutes les subtilités de la passion, toutes les
délicatesses, elle en aura aussi les maladresses.
Intempérante et brusque en ses variations,
féline et superbe à tour de rôle, rendant et rete-
nant, passant de l'humilité d'une servante à
l'orgueil d'une reine, et toujours vaincue, et
le cœur vide avec la tête qui s'exalte, et des

rêves inassouvis ! Chaîne horrible, où sont attachés là deux êtres également dignes de pitié ! Elle est certainement à plaindre, *Elle*, mais *Lui*, comment ne pas déplorer ce que son aventure a de tragique ? Pauvre Phaon ! enthousiaste victime ! De dix ans plus jeune il s'est élancé vers l'héroïne, croyant l'aimer quand ce sublime amour n'était qu'un simple transport d'admiration, et peut-être, ô vanité ! qu'un fougueux désir de se mêler à ses triomphes et de vendanger dans sa gloire. Hélas ! pour l'un comme pour l'autre, l'expérience aura mal tourné : Sappho, depuis longtemps, sondait l'abîme et, de son côté, l'imberbe Phaon, en voyant Melitta, vient de perdre sa dernière illusion, Melitta, son égale en jeunesse, en beauté comme en tout. Par elle, Phaon va rentrer dans l'ordre naturel de l'existence ; c'en est fait du bonheur de Sappho et de leur union. Comme psychologie et comme drame, l'étude est superbe, le style nombreux, harmonieux, facile à la manière de Racine dans *Phèdre* et dans *Iphigénie*, les trois unités classiques strictement observées ; bref, un riche fruit servi sur un plat d'or.

Dès l'exposition s'annonce le conflit : Elle,

enflammée de son amour, en proie à Vénus, qui
la dévore ; lui, tout à l'ivresse d'une admiration qui l'empêche de voir que, dans cette liai-
son où il s'engage, les rôles seront intervertis
et que, de cette femme, qu'il s'habitue à regarder d'en bas, une sorte de protection flétris-
sante ne tardera pas à descendre sur lui. Nature spontanée, ardente, mais ne dépassant
point l'ordinaire, il ignore d'où lui vient son
trouble, et ne le saura que par sa rencontre
avec Melitta. Alors la clarté se fait dans son
âme et commence la tragédie entre la maîtresse implacable et l'esclave révolté, jusqu'à
ce que, vaincue à bout de colères et de jalousie,
Sappho se relève à la fin dans un suprême
effort de volonté, de résignation et d'apaisement. Elle sait désormais et renonce. La pré-
destination d'en haut exclut l'amour : l'héroïne
s'est reconquise et rachète son erreur par la
mort. Cette conception du sujet, à mesure
qu'on y réfléchit, vous remet en mémoire le
Torquato Tasso de Gœthe ; la lutte inégale et
désastreuse du poète avec la vie. Il est vrai
que l'analogie serait ici plutôt dans la situation
que dans les caractères. Tasse meurt victime
de l'inconsistance de son tempérament et d'une

foule de désordres particuliers, qui ne sauraient pourtant être considérés comme la résul-
tante inévitable d'une vocation, tandis que l'infortune de Sappho lui vient seulement d'avoir
cru que celle que les immortels ont choisie
pouvait aimer comme le reste des humains.
C'est sa propre grandeur et non sa faute qu'elle
expie, symbole elle-même de l'irresponsabilité
du poète et de l'artiste en tant qu'individu.

A ce cycle d'études antiques se rattache la
trilogie des *Argonautes*, qui contient *Médée*,
œuvre puissante et de grand style. L'action y
sort logiquement des caractères, et, comme
dans Shakespeare, ce sont les personnages qui
font leur destinée. Autre point de ressemblance,
l'élément barbare, partout absent de notre
théâtre classique, est reconstitué de main de
maître. Le roi de Colchide, Ariétès, est un
chef de clan, sans foi ni loi, grossier, cupide et
carnassier que le non moins avide et non moins
égoïste Jason domptera par cela seul qu'il
représente une civilisation plus avancée. Le
charme fugitif que Médée, exerce sur lui, la
folle passion dont il l'embrase, simples moyens
pour ce brillant seigneur d'arriver à ses fins et
de s'assurer sa conquête de la Toison d'or.

Nous voyons naître l'amour dans le cœur de
Médée, nous assistons aux luttes de la femme
et de la magicienne contre une force irésistible,
contre un mal où tous ses philtres ne peuvent
rien, et c'est un trait d'observation bien à
l'honneur du poète de choisir plus tard, pour
détacher Jason de sa maîtresse, l'instant même
d'une de ses incantations opérée contre son
propre gré sur l'ordre exprès de son amant.
La répugnance qu'il en conçoit tourne à l'horreur ; beauté, caresses, dévoûment n'y peuvent
rien : une sorcière n'est pas une femme, le
démonisme inhérent à la nature de Médée la
met hors la loi. Vainement elle sacrifie à son
idole père, frère, patrie, tout, jusqu'à son empire du surnaturel, Jason reste insensible,
aucune immolation ne prévaudra contre l'insurmontable dégoût. Elle, cependant, s'attache
à ses pas, toujours ardente et suppliante, lorsque enfin la lâche trahison de son amant change
la victime en furie. Coupables, innocents, sa
haine sauvage ne distingue plus, et c'est au
milieu de l'incendie, les mains rouges du sang
de ses enfants, qu'elle sort triomphante du
palais de Créon. Ainsi se termine le quatrième
acte de la troisième partie des *Argonautes ;* on

peut voir là un dénoûment, l'acte suivant
n'étant guère qu'une longue scène entre Médée
et Jason, qui se retrouvent après des années et
résument froidement, mais non sans grandeur,
la moralité philosophique de la tragédie : résignation, souffrance, expiation. Dans le répertoire dramatique de Grillparzer, *Médée* serait
la contre-partie de *Sappho ;* même sujet le grand
l'éternel problème de l'amour, mais diversement étudié, creusé, résolu. Ici et là, toute la
gamme des tonalités parcourue avec un art
infini du contraste. D'un côté, la hauteur d'âme,
la dignité, l'immolation volontaire ; de l'autre,
la sauvagerie et la barbarie, et partout, dans
la diction la beauté classique maintenue.

Il serait temps de dire un mot de l'*Aïeule* et
de nommer aussi les principaux drames du répertoire romantique de Grillparzer. Représen-
tée en 1817, *l'Aïeule* fut l'œuvre de début du
jeune auteur, quelque chose comme son *Hernani ; Sappho* ne suit qu'en 1818 et la trilogie des
Argonautes est de 1821. J'ai cité la pièce de Victor Hugo ; c'est le même lyrisme continu, je
dirai presque les mêmes personnages et la même situation, avec cette seule différence que le
vieux Ruy Gomez s'appelle ici le comte Boro-.

tin, que doña Sol a nom Bertha et que le bri-
gand Jaromir remplace le bandit Hernani. Il
faudrait également indiquer l'air de famille avec
le drame fameux de Schiller, qui passionnait
encore les foules vers cette époque. Mais il y a
en plus dans l'ouvrage de Grillparzer un élément qui ne se trouve ni chez le poète d'Iéna
ni chez Victor Hugo, je veux parler du fantastique, aussi très en faveur alors au théâtre
comme ailleurs, et partout d'un si puissant ressort quand on sait l'employer discrètement. J'ai
vu jadis jouer *l'Aïeule* au Burgtheater de Vienne
et jamais je n'oublierai l'épouvante qui régnait
dans la salle à chaque apparition du fantôme ;
il n'y avait pourtant là ni lumière électrique ni
grand fracas de mise en scène ; la fenêtre s'ouvrait à deux battants, un coup de vent qui soufflait la lampe, un éclair fouettant le pâle visage
d'une jeune fille debout dans un linceul, et c'é-
tait assez pour la terreur. Les beaux vers sont
comme la musique ; ce qu'ils peuvent, nous l'é-
prouvons chaque jour par les drames de Victor
Hugo ; ils suspendent l'action à leur gré, nous
forcent à les écouter en dépit de toute vraisem-
blance. Le noble seigneur Ruy Gomez, rentrant
la nuit, trouve deux hommes chez sa nièce ; le

bon sens voudrait qu'il les fit jeter à la
porte. Pas du tout; le chef d'orchestre frappe
sur son pupitre, et voilà l'air de bravoure qui
commence :

Quand nous avions le Cid et Bernard, ces géants
De l'Espagne et du monde allaient par les Castilles,
Honorant les vieillards et protégeant les filles... (1).

Et nous écoutons l'air de bravoure, et nous
oublions à l'écouter les imperfections du libretto·

1. Et penser que toute la digression, tout le mal vient
d'une rime :

Mes jeunes cavaliers que faites-vous céans ?

s'écrie don Ruy Gomez dans un vers, bien en situation
celui-là; mais il fallait à « céans » une rime riche avec
lettre d'appui, et pour un mot, pour une sonorité dont s'a-
muse l'oreille, quinze lignes de bifurcation dont s'agace et
s'offense la raison. En vérité, plus on y réfléchit, plus on
se laisserait gagner à la théorie de Musset, qui, fatigué de
cette obstructionisme, avait fini par envoyer la rime à tous
les diables. Et vous verrez qu'on y viendra par la force
des choses; lisez ce qui se publie journellement et surtout certain volume paru d'hier où la virtuosité tourne à
la charge d'atelier. On se croit très habile quand on a fait
sonner à l'oreille deux mots qui se font écho l'un à l'autre et qui joignent la similitude des lettres à la différence
du sens. Évidemment il y a là tout un art à reconstituer
et ce sera probablement l'affaire des poètes du xx° siècle.

Les beaux vers ont aussi le privilège de pouvoir nous entretenir de toute sorte de choses que nous n'avons jamais vues et que nous ne verrons jamais. Ainsi de ces revenants dont on rit au mélodrame et qui nous font peur quand c'est la poésie qui les évoque : souvenez-vous de la ballade de *Lénore,* du *Majorat,* et de la scène de somnambulisme dans *le Prince de Hombourg* de Henri de Kleist. *L'Aïeule* de Grillparzer a cet attrait de participer des deux règnes, sans être un opéra autrement qu'à la manière de *Hernani,* de *Ruy-Blas,* des *Burgraves* et du *Roi s'amuse.* Les vers y tiennent toute la place, et s'ils ne suivent pas toujours la contexture dramatique, du moins, quand arrive une grande situation, aident-ils puissamment à lui faire rendre tout son mérite. — Il s'agit de l'histoire d'une faute et de ses conséquences à travers les âges. L'aïeule a trahi ses devoirs d'épouse, et son crime, après avoir pesé pendant des siècles sur sa race, en amènera l'extinction. Elle s'appelait Bertha, comme l'héroïne de la pièce qui reproduit devant nous sa vivante image. Belle, jeune, elle aima, fut aimée, et le mari qu'on lui donna n'était pas celui que son cœur avait choisi. Comment finissent en complaintes sinis-

tres ces jolies chansons d'une matinée de printemps, il n'est chronique et légende qui ne le
racontent, mais si les amoureux avaient un
grain de prévoyance dans la cervelle, Dante
n'eût point rimé la dolente aventure de la belle
Francesca, mise à mort par le cruel tyran Ma-
latesta. Ce fut ainsi que, rentrant au manoir
sans être attendu, le burgrave de Borotin sur-
prit sa femme au bras d'un galant et la tua,
sans réussir à l'envoyer hors de ce monde, où
la pauvre errante fait son purgatoire entre les
murs et par les corridors du château, et l'expiation ne prendra fin que le jour où le dernier
de sa race aura cessé d'être. Le premier acte se
passe à nous exposer cette chronique d'avant-
scène : le comte actuel avait deux fils, l'un est
mort à la guerre, l'autre a disparu et désormais
il ne lui reste qu'une fille, cette Bertha, au physique ainsi qu'au moral le portrait frappant de
l'aïeule, une loi fréquente d'hérédité voulant
que le dernier d'une race en résume les traits
distinctifs. Comme son arrière-grand'mère, Bertha porte en son cœur un sentiment qui le ron-
ge ; elle aime un de ces chevaliers ténébreux,
partout si chers au drame romantique. Son
père, informé du secret, se fâche d'abord, puis

se ravise, disant qu'après tout, il s'agit d'un
jeune seigneur de haute lignée, neveu du burgrave du Rhin et que, si la fortune est mince,
l'honneur est grand. On invite donc le jeune
comte Jaromir, et les accordailles vont leur
train, quand, une nuit, la chevauchée des gens
du roi s'arrête à la porte du château :

> ... sans détours
> Réponds donc, ou je fais raser tes onze tours ;
> De l'incendie éteint il reste une étincelle,
> Des bandits morts, il reste un chef. Qui le recèle ?
> C'est toi ; ce Hernani, rebelle empoisonneur,
> Ici, dans ton château, tu le caches...

Les brigands infestent la contrée et les troupes sont à leur poursuite. Tandis que les sol-
dats fouillent le vieux donjon de bas en haut, le
comte court prévenir son futur gendre pour
l'emmener avec eux battre la campagne : la
chambre est vide et la fenêtre ouverte ; le jeune
homme aura pris les devants : au vieux sire de
se joindre à lui et de montrer qu'un sang géné-
reux coule encore dans ses veines. On part ;
Bertha, restée seule, sent redoubler ses angoisses : ce danger qui menace maintenant son père,
ce fantôme de malédiction qui rôde là dans la

nuit sombre! et son amant, pourquoi cette pré-
cipitation à quitter le château, quand tout lui
conseillait de se concerter pour la défense? Ces
distractions subites pendant leurs tendres cau-
series, ces troubles, ce mystère ; plus de doute !
Hélas ! pauvre Bertha, vos pressentiments ne
vous ont point trompée :

> Nommez-moi Hernani ! nommez-moi Hernani ;
> Avec ce nom fatal je n'en ai point fini !

La bande infâme a pour chef l'homme que la
jeune fille adore, ce Jaromir, qui n'est autre
que son propre frère enlevé au berceau par des
bohémiens, et qui, parricide inconscient, vient
de frapper le comte dans la mêlée. On rapporte
le vieillard expirant, Bertha perd la raison et
son frère Jaromir, arrêté au seuil de l'inceste
par l'apparition du fantôme, n'échappe au bour-
reau qu'en se poignardant. Tragédie de la faute
et du châtiment qui se termine par l'extermina-
tion de toute une race. Est-ce bien une tragédie ? Disons plutôt mystère, légende, conte fantastique, complainte : quel que soit le mot, il y
a talent et génie ; Schiller signerait cela, sinon
Gœthe ; et Victor Hugo, s'il lisait encore, s'étont.

nerait de ce précurseur inventant Hernani en
1817. L'effet chez Grillparzer a moins d'éclat,
mais il est plus profond, plus rapproché de
nous, plus subjectif. Faites représenter ce drame
par la troupe de l'Odéon dans une de ces mati-
nées littéraires à prix réduit, et vous verrez la
terreur qu'il enferme. Ce qui surtout nous manque aujourd'hui, en-deçà de la rampe comme
au-delà, c'est le naïf. Je ne dis pas qu'on doive
aller au spectacle comme les enfants vont à Polichinelle : il n'en est pas moins vrai que le
théâtre vit d'émotions simples, de poésie, et
qu'il meurt de bel esprit, de virtuosité, de pièces « bien faites », de reconstitutions historiques et de bric-à-brac.

Aimez-vous les appendices d'œuvres complètes? Rarement on se donne la peine d'y aller
voir, ce que j'appelle une coupable négligence,
car bien souvent, et c'est ici le cas, ces coins
obscurs méritent d'être inventoriés. Sans parler
d'un *Hannibal*, dont quelques scènes seulement
sont écrites, une entre autres où je relève ce
vers :

Hannibal dans sa chute emportera Carthage,
Scipion peut mourir, Rome subsistera.

Laissons de côté *Libussa*, *la Fille de Tolède*, etc.,
prenons l'étude dramatique ayant pour héros
l'empereur Rodolphe, et qui nous peint l'état
de l'Autriche aux environs de la guerre de trente
ans. Les Turcs au dehors menacent l'empire ;
au dedans, les troubles religieux. Chaque
jour le protestantisme gagne du terrain ; il
s'agit de pactiser avec la foi nouvelle ou de
l'écraser. Rodolphe ne sait se résoudre, il
temporise et délibère. C'est un Hamlet. Catholique et souverain, il hait d'instinct le protestantisme, qu'il envisage à la fois comme une
erreur religieuse et comme un principe hostile à l'idée monarchique ; d'autre part, son
cœur et son esprit se font scrupule d'employer
la flamme et le fer ; soucieux, mécontent de ce
qui l'entoure, assailli de doutes, il s'isole en lui-
même, oubliant l'empire. On pille les finances,
on intrigue, on perd en Hongrie bataille sur
bataille, et Rodolphe, pendant ce temps, fait le
moine. Endonjonné dans son Hradschin, il étudie, il prie, il rêve si bien que ses peuples se
désaffectionnent, et qu'à sa mort, ils voient sans
déplaisir cette couronne tant convoitée échoir
à Mathias, qui à son tour s'en effraie comme
d'un fardeau trop lourd et la recevant se frappe

la poitrine en soupirant : *Mea culpa !* Il va de
soi qu'un tel sujet n'est pas de ceux dont le
théâtre s'accommode. Rien que des conflits
religieux et politiques, point d'épisodes roma-
nesques à l'avant-scène, point de femme, restait l'étude des caractères, où l'auteur excelle.
Son portrait de l'empereur Rodolphe est un
Holbein. J'ai souvent ouï dire à Vienne par des
amis de Grillparzer que le poète avait à son
insu et dans une certaine mesure reproduit là
sa propre ressemblance. Que d'analogies en
effet le rapprochaient cette fois de son héros :
ce penchant à la contemplation, ces doutes de
conscience, ces facultés quasi maladives d'intuition qui, nous montrant à longue distance
les conséquences possibles de l'action, nous re-
tiennent de l'accomplir ! cette invincible horreur des coups de force et, d'autre part, ces
éclairs soudains de révolte et de colère, toutes
les oscillations, tous les malaises, toutes les
hypocondries, toutes les *vapeurs* de l'idéaliste !

Deux actes fragmentaires d'une tragédie
d'*Esther* seraient également à butiner dans ce
catalogue des œuvres complètes. Le grand monarque Assuérus s'ennuie du départ de Vasthi
et déjà songe à la rappeler, lorsque traversant

une galerie du palais, il rencontre Esther placée là par Haman, et qu'il n'avait par remar-
quée parmi les beautés dont on l'entoure.
Louis XIV aimait à voir les gens se troubler
en sa présence ou du moins en avoir l'air; il faut
croire que le puissant Assuérus avait aussi
cette faiblesse et que la belle Juive le savait,
car elle reste imperturbable devant le souverain, et c'est au contraire lui que ce fier et doux
regard intimide. Les yeux se sont croisés ;
l'entretien s'engage, presque hostile, le maître
impatienté, fait bientôt mine de congédier la
jeune esclave, et comme elle se hâte d'obéir,
il la rappelle : attiré, charmé par cette intelligence unie à tant de beauté, il se tient néanmoins sur la défensive ; si cette arrogance n'é-
tait qu'un masque, ce mépris des grandeurs un
moyen caché de les conquérir? Il imagine de
l'interroger : « Et si je vous demandais un avis,
lui dit-il, qui me conseilleriez-vous d'épouser?
— Faites revenir Vasthi, répond Esther, —
Vasthi que vous avez aimée et que peut-être
vous aimez toujours. » A ces mots, les doutes
du roi se retournent ; tout à l'heure il se
croyait en face d'une effrontée ambitieuse, et
maintenant une autre incertitude le tour-

mente : Esther répondra-t-elle au sentiment
qui vient de naître en lui ? Il n'ose l'espérer,
quand un aveu timide le rassure et clôt l'intermède. C'est le récit de Racine mis en action
avec des caractères plus conformes à l'épigra-
phie : Assuérus que l'ennui de ses grandeurs
accable, un Salomon en quête d'une âme qui
l'aide à se relever des énervantes délices du
harem. Esther sera cette auxiliaire partout
cherchée ; fille d'une race opprimée depuis des
siècles, elle aura d'instinct et d'héritage tous
les attributs de son peuple : volonté, calcul,
ténacité, et c'est à la fois comme individu et
comme type national qu'elle partage l'empire.
Cette maturité de réflexion chez une jeune fille,
cette précocité d'éducation, j'entends crier au
darwinisme. Hé bien! quand il y en aurait un
peu, où serait le mal? Grâce à Dieu, nous
n'en sommes plus à discuter Racine ; il fut un
médium incomparable et presque tous ses dé-
fauts se rapportent à l'esprit de son siècle.
Mais que de choses librement et superbement
caressées depuis en leurs tours et leurs alentours il nous indique au simple mouvement
du discours, sans appuyer, — que de perspectives !

Dans l'Orient désert quel devint mon ennui!

Vers l'horizon immense, comme il s'en rencontre aussi chez Corneille :

Tous les monstres d'Égypte ont leur temple dans Rome !

Le dommage est que, chez nos classiques, la
couleur, au lieu de se fondre dans la masse du
tableau, se concentre dans un vers d'éclat, fou-
droyant mais isolé et semblable à ces diamants
que nous appelons des « solitaires », parce
qu'ils ne souffrent aucun voisinage.

J'allais oublier *Mélusine*, un poème d'opéra,
écrit pour Beethoven et qui se rattache au chapitre de la musique si intéressant dans l'œuvre
de Grillparzer.

II

Il l'avait étudiée, en effet, dès le premier
âge, le piano d'abord, puis le violon, puis la
composition jusqu'à pouvoir faire des quatuors,
tout cela, à bâtons rompus, quittant et reprenant, oubliant même à ce point qu'un jour,
voulant se distraire d'un chagrin, il ouvre son
piano et s'aperçoit que c'est à recommencer.

« Je pensai alors au temps jadis où mon professeur de basse chiffrée m'enseignait les accords fondamentaux, et, me croirez-vous? je
goûtais un plaisir extrême aux mélodies élé-
mentaires qu'amenait la résolution de ces accords. » Plus tard, beaucoup plus tard, vint le
contre-point : « Ce fut le tour des franches études et des progrès sérieux; il est vrai que j'y
perdis toute fraîcheur d'inspiration. » Du reste,
pour se rendre bien compte du double caractère fantaisiste et technique de cette formation
de l'artiste en tant que musicien, il faudrait lire
une nouvelle du poète intitulée : *le Vieux Ménétrier*. Son aversion du piano, son goût obstiné
pour le violon, qu'il adorait peut-être parce
que ses parents s'entêtaient à lui tenir les
doigts sur le clavier, ses misères d'enfance
grandes et petites, ses joies, ses rêves, ses fluc-
tuations, vous retrouverez tout cela dans le
récit dont je parle, un de ces « opuscules »
où se trahit la main d'un maître.

L'auteur nous raconte l'histoire d'un de ces
pauvres diables à qui rien n'a réussi et qui, de
déception en déception, s'acheminent doucement vers la tombe, ne se plaignant jamais,
contents d'eux-mêmes et du fond de leur

propre dénument venant en aide à de plus misérables. Mettez un pareil individu entre les
mains d'un romancier naturaliste, il en fera ce
que, dans le joli langage du moment, on appelle :
« un raté. » Ne voyant ni plus haut, ni plus loin
que son horizon du boulevard, il appuiera sur
le côté grotesque, négligeant la note sensible ;
au lieu de compatir humainement, il saisira
cette occasion de se tailler un succès en exécu-
tant une cabriole sur le tremplin du *Lacrymœ
rerum*. L'habileté du poète est au contraire, de
nous intéresser à ce pauvre hère et de nous le
rendre de plus en plus sympathique en nous
initiant à sa parfaite médiocrité d'homme et
d'artiste.

Grillparzer rencontre son personnage dans
une de ces kermesses viennoises, où sous prétexte de gaîtés champêtres, toute une population s'empiffre de pâtisserie et de polkas. Aux
rives du Danube bleu, point de bonne fête sans
musique : orchestres en plein vent, bandes militaires, orgues de Barbarie, solistes, enragés
s'escrimant sur leurs harpes, leurs guzlas, leurs
clarinettes et leurs tympanons.

« Comme je me hâtais de fuir cette horrible
cacophonie, j'aperçus une espèce de violonneux

travaillant dans l'ombre à l'écart. C'était un vieillard d'environ soixante-dix ans, long et sec vêtu d'une souquenille usée, mais point malpropre, à l'air satisfait de lui-même et se souriant ; il se tenait debout, sa tête chauve découverte, son chapeau à ses pieds en guise de caisse, le corps ployé ; lui et son pauvre vieux violon ne faisant qu'un, il s'évertuait d'enthousiasme et son pied battait la mesure. Ce qu'il jouait ne saurait se définir ; c'était une suite de notes sans cohésion, mais que d'efforts et quelle conscience d'artiste ! Tandis que les autres gagnaient des mines de gros sous en jouant de mémoire, il avait apporté là son pupitre et raclait sa sonate d'après le texte, en virtuose délaissé, nargué, mais convaincu. »

Tout maniaque appartient à l'observateur, et plus la foule s'en éloigne, plus le philosophe s'en rapproche. Ce violoneux bizarre attire donc notre poète, qui l'écoute en l'examinant. La musique est insensée, mais ce fou doit être quelqu'un; c'est du moins ce que Grillparzer croit deviner à l'air tragique du visage et du maintien comme à la manière de porter les haillons et, pour mieux s'en assurer, il tire de sa poche une pièce de monnaie et l'offre.

« Non ! pas ainsi, s'écrie alors le ménétrier toujours vibrant, — pas ainsi, vous dis-je, mais dans le chapeau. » Le poète, qui flaire une histoire, fait mine de se retirer et s'en va rôder aux alentours, attendant que la séance soit levée, puis enfin, voyant son individu quitter la place, il le rejoint insidieusement et manifeste au cours de la conversation l'envie d'aller un matin le visiter : « Quand vous voudrez, répond le musicien ambulant, quoique, à vrai dire, le logis ne soit pas des plus engageants, car j'habite en chambrée, mais les camarades sont des maçons qui s'en vont à l'ouvrage de bonne heure j'exige seulement que vous ne veniez jamais l'après-midi, jamais je ne reçois personne de deux à cinq.

« — Puis-je vous en demander la raison ?

« — Mais, parce que c'est le moment où j'improvise. »

Ce dernier mot, presque toujours gros de surprises mais qu'il faudrait ici trois fois souligner empruntait, en effet, à la circonstance quelque chose de phénoménal. Nous avons vu plus haut ce que Grillparzer enfant, appelait : « improviser. » A lui maintenant, devenu maître, de nous raconter les exercices de son héros :

« Je touchais à la masure indiquée et j'allais
en franchir le seuil quand un bruit frappa mon
oreille. Je m'arrêtai, c'était une note attaquée
doucement, mais d'autorité et peu à peu s'en-
flant jusqu'à la véhémence, puis décroissant et
s'effaçant pour remonter à l'instant d'après à
l'éclat le plus strident, et toujours la même note
invariablement répétée avec une sorte de béatitude ineffable ; enfin venait un intervalle, c'était
la quarte ; nouvelle dégustation pour le virtuose
comme il s'était repu du son de la première
note isolée, il se régalait maintenant de la
relation harmonique et la savourait avec délices ; attaque des deux notes l'une après l'autre
puis à double corde, puis liées par les notes in-
termédiaires avec accentuation de la tierce et
reprise du même exercice. Ensuite il passait à
la quinte. Un son filé, tremble, légèrement pleu-
rard au début, s'éteignant, s'étouffant dans les
larmes, mourant pour revivre et grandir bientôt jusqu'au délire, et toujours les mêmes intervalles, les mêmes notes ! C'était ce que ce brave
homme appelait : « improviser ! » Improvisa-
tion ! pour celui qui jouait, peut-être, mais
hélas ! pour celui qui écoutait !...

Comme tout cela est compris, senti en musi

cien! Cependant, au cours de la narration, —
car il y a toute une destinée et des plus émou-
vantes qui se joint à cette esthétique, — Grillparzer s'attendrit, son héros lui tire des larmes,
il compatit à l'histoire qu'il nous raconte de cet
infortuné qui n'a pour lutter contre la vie d'autre force que sa médiocrité, ce qui lui arrive
n'étant en somme que la navrante conséquence
de ce qu'il est. Mais si la nature l'a déshérité,
s'il a tout perdu par impuissance de rien con-
server, quelle sublime humilité dans sa pauvre
âme, quel touchant besoin de rapporter au Créateur les merveilles d'un art qu'il s'imagine can-
didement être le sien, lui ver de terre amoureux d'une étoile! « Ils jouent du Mozart et du
Sébastien Bach, mais personne ne joue la musique du bon Dieu, la grâce du son et du ton,
ce don miraculeux qu'elle a d'apaiser l'ardente
soif de notre oreille, de faire, — et parlant
ainsi, mystérieux, il rougissait comme de pu-
deur, baissait la voix, — de faire que le troisième
ton concorde avec le premier et le cinquième
aussi et que la note sensible (la septième) monte
et se résolve comme une espérance accomplie,
tandis que la dissonance, vaincue, refoulée,
plonge à l'abîme comme l'esprit de révolte et

d'orgueil ! et cette arche d'alliance, cette bénédiction du renversement par laquelle la seconde elle-même se convertit et rentre en grâce dans l'euphonie ! Tout ce grand mystère me fut révélé, mais plus tard seulement, et tant d'autres choses auxquelles aujourd'hui encore, je ne comprends rien : contre-point, fugue, double et triple canon, un temple céleste sans moellons ni mortier et soutenu par la main de Dieu. Et penser que le commun des hommes ignore ces merveilles et que parmi les quelques rares initiés, il s'en rencontre qui mêlent des mots à cette pure émanation de l'âme, reproduisant le sacrilège des anges du Seigneur s'unissant aux filles de la terre, et cela, soi-disant, pour que la musique ait plus de prise sur les organisations réfractaires, monsieur ! termina-t-il d'une voix à demi vaincue par l'épuisement. La parole est nécessaire à l'homme comme la nourriture, mais que du moins il conserve dans sa pureté le breuvage qui lui vient de Dieu ! »

III

L'esthétique de Grillparzer est celle de Mozart et se fonde sur le principe du beau musical

absolu : l'idée de son développement harmonique ; rien de plus, rien de moins. La musique
n'emploie pas des mots, autrement dit, des si-
gnes arbitraires et variables selon ce que vous
leur faites exprimer. Ce son, en même temps
qu'il est un signe, est une chose existante en soi.
Une suite de sons, pour plaire à l'oreille, n'a
nul besoin d'avoir un sens ; de même que, dans
les arts plastiques, les belles formes charment
nos yeux, un accord faux est une laideur dont
s'offense notre oreille. Contrairement à l'effet
de la parole, qui n'agit sur nos sens que par
l'intermédiaire de notre intelligence, les sons
agissent sur nos sens directement et l'intelligence n'intervient qu'en deuxième instance.
Avançons d'un pas ; ce son, qui déjà porte en
soi de quoi plaire ou déplaire, combiné de certaine façon, éveillera dans l'âme certains sentiments de joie, de tristesse, de rêverie. Mais gare
à la paraphrase littéraire et souvenons-nous
toujours que les sons ne sont pas des mots pour
servir soit à la description, soit à la narration !
La musique a ses symphonies, ses sonates, ses
quatuors, pour développer son architecture et
remuer en nous un monde de sensations qu'il ne
faut pas vouloir trop définir sous peine d'inter-

vertir les rôles, vu que le musicien qui s'entête
à raisonner avec son auditoire, à faire œuvre
de romancier, de peintre et de dramaturge sans
paroles, joue un personnage aussi ridicule que
le poète qui se travaillerait en assonances mélodiques; d'où cette conclusion que Mozart est
le musicien par excellence et Berlioz un grand
homme de lettres fourvoyé. Grillparzer professe
à outrance la théorie du chacun chez soi, et ne
connaît en musique que le beau musical.

Quant à la question du théâtre, la théorie
moderne l'horripilait, et par la profonde antipathie que lui inspiraient, dès leur début, les
tendances du *wagnérisme*, on se rendra compte
aisément de ce qu'il penserait aujourd'hui du
système. Je me le figure en présence de cet
opéra si résolument déséquilibré ; il cherche
l'idée mélodique, plus d'idée, mais des mots,
des mots que l'orchestre commente et rumine.
L'idée mélodique partage désormais le triste
sort de la cavatine, et voyez l'amusante contradiction et comme l'ironie est partout en ces que-
relles de parti ! Personne de ces intransigeants
n'a l'air de s'apercevoir que, au nombre des
trois ou quatre prédilections qu'ils conservent
dans le passé, il en est une dont la cavatine fut

l'âme! Oui ou non, les personnages du *Freischütz* et d'*Euryanthe* sont-ils des caractères? Eh
bien! tous ces gens-là chantent d'admirables
thèmes mélodiques et la cavatine, puisque cavatine il y a, n'amène aucune de ces confusions
dont on se plaint dans les opéras italiens ou
français de la période rossinienne. La musique
vocale n'exclurait donc pas la caractéristique
moderne, que nous sommes loin d'avoir inven-
tée. Mozart l'avait déjà trouvée avec abondance
et récidive, et Weber, s'appuyant sur l'exemple, nous a donné, dans le *Freischütz* et surtout
dans *Euryanthe*, deux chefs-d'œuvre destinés à
servir de type à la conception moderne. Supposons un adepte de la doctrine actuelle ayant à
mettre en musique aujourd'hui le poème du
Freischütz ; il placera dans l'orchestre son centre de gravité, confiera aux seuls instruments
l'analyse de ses personnages, qui désormais se
feront un devoir de vous bercer de mélopée
jusqu'à l'envoûtement. « La caractéristique, »
par l'abus où nous inclinons devient, la négation
même du beau musical.

C'est affaire aux médiocres de s'en référer à
des programmes, de commencer et de finir
selon des conventions préétablies. L'homme de

génie chez qui l'idée affecte, en naissant, une
forme organique, regimbera toujours à la tyrannie des paroles ; plus vous serez grand musicien, moins vous fléchirez. « Mozart est plein
de ces fautes de texte, remarque Grillparzer,
Gluck n'en commet pas, et cela seul à mes yeux
juge la question. » Un musicien de théâtre ne
connaît que la situation et dédaigne d'entrer en
collision avec les mots. C'est en musicien qu'il
s'agit de composer un opéra, en musicien et non
en poète. Vous saisissez dans ces aphorismes,
d'un âge pré-wagnérien, comme une poétique
anticipée à l'adresse des doctrines de l'heure
présente. Revendication des droits de la musique à l'indépendance absolue, nous rencontrons
partout cette profession de foi, dans ses vers
comme dans sa prose, et pourtant, détail
curieux, cette poésie où la musique tient tant
de place n'est jamais de celles qui se mettent
en musique ; lui-même, si l'envie le prend de
chanter, il choisira de préférence un de ces lieds
de Gœthe, où la mélodie montre déjà son bou-
ton. Toujours d'humeur à célébrer Mozart,
Beethoven ou Schubert, le poète de *Sappho* n'a
rien de ce lyrisme qui prête aux efflorescences
mélodiques. Cependant Schubert lui doit la

Sérénade, Mendelssohn sa cantate en *la,* qui
n'est autre que la pièce intitulée : *Italia,* dans
ses œuvres complètes, et peu s'en est fallu que
Beethoven l'ait eu pour collaborateur.

Ils s'étaient, en quelque sorte, toujours connus et fréquentés. « Ma première rencontre
avec Beethoven eut lieu chez l'un de mes oncles,
en 1804, dans une soirée où se trouvaient aussi
l'abbé Vogler et Cherubini. Il était alors svelte,
poli et d'une certaine élégance, chose presque
incroyable quand on songe à ce que devint plus
tard sa façon d'être. Joua-t-il ? ne joua-t-il
pas ? Je l'ai complétement oublié ; ce que je
sais, c'est que, au moment du souper, l'abbé
Vogler était au piano, parfilant toute sorte de
variations, et ne s'aperçut pas que nous avions
quitté le salon pour la salle à manger. Seuls,
Cherubini et Beethoven avaient persisté, mais
bientôt celui-ci se détachant, il n'était plus
resté que Beethoven, lequel, à son tour, n'y
tenant plus, laissa l'improvisateur à son
escrime. »

Un ou deux ans plus tard, Grillparzer et ses
parents habitaient, pendant l'été, une maison
de campagne à Heiligenstadt, tout près de
Vienne. « Nous logions du côté du jardin et

11

Beethoven avait loué deux chambres sur la rue ; mes frères et moi nous nous occupions assez peu du voisin, très changé d'humeur et d'aspect depuis la première rencontre, bourru, grossier et d'une négligence presque sordide dans sa mise. Mais ma mère passionnée de musique, cédait bon gré mal gré à l'attraction. Dès qu'elle entendait son piano préluder, elle se faufilait sur le palier, écoutant, épiant, ravie, si bien qu'un jour, l'ayant surprise en ouvrant sa porte, il passa devant elle son chapeau sur la tête et gagna brusquement la campagne ; le lendemain et jours suivants plus de piano. Vainement ma mère se fit excuser et promit que cette indiscrétion ne se renouvellerait pas, nous offrîmes même de condamner la porte et de ne plus entrer chez nous que par la porte du jardin, Beethoven fut impitoyable et jusqu'à l'automne, époque de notre retour à la ville, le piano resta silencieux. L'été suivant, j'allais souvent à Döbling, chez ma grand'mère ; juste vis-à-vis de ses fenêtres se trouvait la propriété d'un paysan d'assez mauvais renom, qui s'appelait Trohberger, et dont Beethoven était en partie le locataire. Ce Trohberger possédait également une très jolie fille à qui le

musicien me sembla prendre un vif intérêt. Je
le vois encore dans la cour de la ferme, les
yeux braqués sur la belle qui, penchée en haut
d'un grenier, emmagasinait du foin, sa fourche
en mains, les cheveux ébouriffés, la poitrine
demie-nue et le rire aux dents. Il ne lui parlait
pas, heureux de l'envelopper d'une admiration
dévorante que la drôlesse se plaisait à surexci-
ter, en provoquant de ses apostrophes et de ses
œillades toute une valetaille de basse-cour.
Bientôt j'aperçus Beethoven quittant la place
furieux de jalousie. Il fallait vraiment qu'il en
tînt, car, à quelques jours de là, le père ayant
été emprisonné à la suite d'une rixe, Beethoven s'avisa de vouloir le faire élargir et mit,
selon son habitude, tant de brusquerie et de
maladresse dans ses demandes, qu'un instant il
risqua lui-même d'aller sous les verrous faire
compagnie à son client. Telles furent nos relations. Je le rencontrais dans la rue, au théâtre
et dans un café où fréquentait un poète de
l'école de Novalis, avec qui je le soupçonne
d'avoir agité maint projet d'opéra. »

Trois ou quatre années s'écoulèrent ainsi,
puis, la vie publique les ayant séparés pendant
un quart de siècle, ils se rejoignirent pour ne

plus se perdre de vue. Entre temps l'un était
devenu « le maître de l'heure », et l'autre avait
donné au théâtre *l'Aïeule, Sappho, Médée, Otto-
kar,* etc. D'ordinaire, dans notre monde des
arts, les amitiés de ce genre ne vont guère sans
quelque collaboration. Beethoven rêvait d'avoir
un poème de Grillparzer, et, me croira-t-on ?
il n'osait le demander ; ce colosse était timide :
ce fut un ami commun, le comte Maurice Die-
trichstein, qui se chargea de la commission.

Grillparzer, au lieu de se réjouir de la proposition, en conçut plutôt quelque embarras ;
chose étrange assurément pour nous, qui sommes la postérité, mais que l'on s'explique au
point de vue d'un poète contemporain de Beethoven et témoin attristé du train quotidien de
son existence.

« Nul n'entre au ciel avec ses bas et ses sou-
liers, » dit un proverbe ; ce n'est guère qu'un
demi-siècle et souvent même (comme pour Sébastien Bach) qu'un grand siècle après la mort
que commencent les apothéoses ; alors viennent
les fanatismes et les gros mots de Titan, de
géants, que nous prodiguons aux grands hommes sans réfléchir à l'espèce de ridicule dont
nous les affublons. Un géant, un nain, un Titan

sont des monstres, et ce qui surtout distingue
l'homme de génie, c'est l'équilibre, la pondéra-
tion, l'harmonie ; les Titans sont d'abomina-
bles réfractaires en antagonisme avec l'idée divine que l'art nous représente ; ils ont inventé
d'assiéger le ciel d'Apollon, des Muses et des
Grâces et ne méritent que la torture. Beethoven, sans doute, n'était pas une de ces natures
organisées d'avance pour le bonheur parfait,
mais on se méprend à vouloir faire de lui un
type de martyr ; il ignora les servitudes pro-
fessionnelles de Sébastien Bach, usant sa jeunesse à vagabonder et son âge mûr à produire
à huis-clos ses chefs-d'œuvre. Il eut, sur Haydn
et Mozart, cet avantage de se voir discuter tout
de suite. Beethoven conquit d'emblée une position sociale bien supérieure à celle des maîtres
qui les précédèrent. Si l'argent lui vint par ré-
munérations précaires, du moins n'eut-il jamais
à subir ces humiliations d'ancien régime qui
faisaient du chantre des *Saisons* un batteur de
mesure à la solde d'un grand seigneur, et de
Mozart un marmiton dans les cuisines d'un
archevêque. A bien considérer l'histoire de la
culture musicale en son pays, Beethoven fut, au
contraire, le premier compositeur ayant su vi-

vre du produit de ses œuvres. Qu'il ait eu maille
à partir avec la critique, c'est le sort commun,
et nous l'en plaindrons d'autant moins que,
pour répondre aux détracteurs de la première
heure, il rencontra dans Hoffmann un de ces
organes qui forcent les grenouilles à se taire.
Beethoven est mort sans fortune et les tribulations ne l'ont point épargné ; mais combien ont
aussi lutté pour l'existence qui n'ont pas eu cette
consolation de régner vivant sur les esprits et
de pouvoir s'en remettre à la postérité ! Il a
fallu que Beethoven mourût pour passer dieu,
et c'est alors que sa religion s'est fondée et que
le Beethoven-dogme nous a valu le Beethoven-
martyr.

Martyr ! oui, de lui-même, victime de son
propre génie, qui, portant trop haut et trop
loin, se cognait douloureusement aux angles du
réel et ne trouvait d'apaisement que dans l'art,
martyr de ce mal cruel, de cette hypocondrie
inséparable de tout idéalisme transcendant et
qui chez lui se doublait de la plus atroce des
infirmités dont un musicien puisse être affligé !
Mais, contre cet état psychologique et pathologique, la société ne pouvait rien ; elle admirait,
honorait, célébrait le maître, et quand elle avait

assez compati à l'affligé, rudoyait parfois l'original. Où nous voyons aujourd'hui « une destinée, » les contemporains voyaient un sourd, beaucoup plus à plaindre que les autres, mais souvent aussi bien maniaque.

Tout ceci nous explique les perplexités de Grillparzer à l'endroit du poème qu'on lui demandait pour le voisin d'en face : « J'avoue, écrit-il en son journal, que cette proposition me causa quelque effroi ; d'abord l'idée de rédiger un libretto ne me souriait guère ; ensuite Beethoven était sourd, complètement sourd, et ses derniers ouvrages d'un caractère abstrait si prononcé me faisaient douter qu'il fût encore capable de composer un opéra... Du reste, mon hésitation dura peu. Lorsqu'un grand homme manifeste un tel désir, ce serait risquer de priver le monde d'un chef-d'œuvre que de ne pas y consentir sans discussion. » Le poète se mit en quête d'un sujet, et, quand il l'eut trouvé, il encadra ses strophes en manière d'enluminures dans un fabliau du moyen-âge. Mélusine ! à ce nom, toutes les poésies du néo-romantisme musical vous chantent à l'imagination. La nymphe d'une source renonce aux impersonnelles et négatives douceurs de l'être élémentaire pour

tâter de la vie et de ses émotions. Désormais,
un cœur humain battra dans sa poitrine, elle
aimera, souffrira, et, vaincue par l'expérience,
retournera s'anéantir dans la nature; préférant
à nos joies comme à nos douleurs l'impassibi-
lité finale.

Vous voyez d'ici le tableau ! disons mieux, les
tableaux, car il y en avait bon nombre très variés et de couleur à rappeler aux effets de
lumière la vue assombrie de l'auteur de *Fidelio*.
La rencontre au bord du lac avec le comte Raymond, les noces féodales, la grotte mystérieuse
où la nymphe vient à certaines périodes lunai-
res visiter ses sœurs d'autrefois et dont l'époux
de Mélusine a fait serment de ne jamais franchir le seuil ; — autant de scènes que la symphonie et le drame se disputent. Cependant le
soupçon et la jalousie pénètrent au cœur de Raymond ; quel charme secret attire ainsi la com-
tesse de ce côté? Il s'informe, il épie, et, poussé
à bout par la perfidie d'un Iago quelconque, il
viole le sanctuaire en se parjurant. Mélusine
pousse un cri d'épouvante, les sirènes l'entourent
de leurs voiles comme d'un nuage et Raymond
la voit disparaître à ses yeux pour jamais.

Habent sua fata libelli. De ce poème de *Mélu-*

sine Beethoven, hélas! devait mourir sans
avoir écrit une note ; mais l'idée survécut, et la
chrysalide, après avoir dormi un bout de temps
se réveilla symphonie aux mains de Mendelssohn. Qui ne connaît cette merveilleuse narration musicale où pas un détail du sujet n'est
omis, cette phrase de l'introduction avec ses
frais gazouillements de source, ses ondulations
murmurantes sous qui se dérobe comme un cri
d'humaine douleur ? Maintenir la vie des éléments en un perpétuel commerce avec la nôtre,
les animer, les passionner à notre ressemblance
deux musiciens ont possédé ce secret par dessus tout, Mendelssohn et Schubert. J'ai signalé
la phrase du début, la voici à présent qui nous
revient transfigurée ; à son grésillement pittoresque, à sa pure et simple transparence quelque chose d'étrange s'est mêlé, de conscient.
Écoutez le hautbois et sa plainte ; Mélusine a
passé de la vie élémentaire à la vie mortelle,
l'ondine a pris corps et cœur de femme, un soupir d'amour et de souffrance nous le dit. Un
amateur de ces questions d'esthétique comparée
qui nous passionnent devrait aussi, après s'être
rendu compte de la symphonie, aller à Munich
visiter les fresques de Swind.

Pour revenir au poème de Grillparzer, il a
ceci de remarquable que la situation principale
de *Tanhauser* s'y trouve non pas simplement
indiquée, mais traitée à fond ; le comte Raymond comme le chevalier saxon succombe à
l'immense ennui des ivresses profondes ; Mélusine s'en étonne : « Je t'ai donné dit-elle, plus
que la terre ne peut donner, j'ai mis à tes pieds
tout ce qui fait l'enchantement de l'existence,
je t'aime d'amour infini, que te manque-t-il ?
— L'action. » N'est-ce pas original de surprendre ainsi la note de demain chez un poète ap-
partenant aux traditions du passé ? « Ma
partition est là tout entière, s'écriait Beethoven en se frappant le front ; je n'ai plus
qu'à l'écrire. » La mort hélas ! l'en empêcha et peut-être aussi le désordre de son
existence. Grillparzer l'aimait comme il l'admirait, tendrement simplement, sans hyperbole et
toujours fidèle à son culte de Mozart. Un de ses
poèmes, très amusant, avec son petit air voulu
d'antiquaille et sa coupe de rondo, nous peint
l'entrée de Beethoven à l'Élysée ; Sébastien
Bach, Händel, Haydn, vont au devant de lui,
Cimarosa aussi et Paisiello, quand, soudain, la
foule s'écarte, quelle foule : Dante, Shakespeare

Raphaël, Michel-Ange, Tasse! et, dans un
éblouissement de lumière, Mozart accoste le
héros. Un hymne éclate alors à la gloire de
Beethoven, mais où l'on sent même sous la
louange, les prédilections du poète : « Beethoven a conquis un monde, mais ce monde n'est
qu'à lui seul. Beethoven est un météore dont
on doit se garder de prendre le sillage radieux
pour une voix nouvelle, ouverte à tous. » Et,
plus loin Grillparzer, changeant d'image et com-
plétant sa pensée : « Tenez, dit-il, ce voyageur,
le voyez-vous, solitaire, intrépide, franchir la
haie et les fossés, grimper, descendre, traverser les torrents à la nage. Victoire! il touche le
but. Mais quels sentiers a-t-il frayés? Ce voyageur, c'est Beethoven ! »

Inutile aujourd'hui d'insister sur l'étroitesse
d'une pareille critique ; son pire défaut est
d'être démodée, ce qui ne saurait pourtant nous
empêcher d'admettre certains griefs de ce par-
tisan du passé, par exemple, lorsqu'il se plaint
que l'hyperlyrisme de Beethoven, à force d'é-
largir l'idée, ait détruit le sentiment de la symétrie et des proportions. On improvise, on
rêve, on crée, on ne compose plus! C'est que
les Beethoven ont double vie ; ils sont d'hier et

de demain : à l'époque de maturité, de plénitu-
de, l'esprit du passé dont ils héritèrent les quitte
et fait place à l'avenir. Gluck, à cinquante ans,
lorsqu'il opéra sa volte-face, Beethoven, procè-
dent également par périodes, mais, au total,
sans brusquer les choses ; la deuxième période
sort naturellement de la première, qu'elle continue en l'agrandissant. Cherchez l'endroit du
revirement, rien ne le précise ; c'est quand le
pas est sauté depuis longtemps que le public
s'aperçoit qu'il y avait un pas à faire. C'est surtout par ce côté sagement progressif, par cette
marche ascendante vers le vrai, que Grillparzer admire Beethoven ; il en voudrait faire un
classique et, le voyant prendre l'espace et la
nuée, il pousse le cri d'effarement de la poule
qui couvait un aiglon. Il en va de même d'un
autre esthéticien que nous citons ici naguère,
M. Riehl (1) : tous deux proclament Beethoven
un des plus grands musiciens qu'il y ait eu,
mais ni l'un ni l'autre ne dit « le plus grand. »
Depuis sa mort, un siècle ne s'est pas écoulé et
nous possédons déjà trois Beethoven ! Celui du

1. Voir, dans la *Revue* du 15 août 1884, *une Nouvelle
Philosophie de l'opéra.*

passé, qui touche à Haydn, à Mozart, celui du
présent, qui règne au Conservatoire, et celui de
l'avenir, qui commence aux derniers quatuors,
celui qu'on ne joue plus, qu'on « interprète ; »
retenez ce mot, il est gros de tout un dictionnaire de transpositions. Ainsi nous aurons en
peinture « la gamme des bleus et des gris, » la
« tonalité » des plans, la « note » gaie ou sombre
etc. Hier, un musicien était un homme qui fait
de la musique, aujourd'hui, nous appelons cet
homme un poète. Au mot de la chose nous en
substituons un autre, qui, à force de vouloir
tout exprimer, ne dit rien. Qu'est-ce que ce mot
vague et prétentieux de poète comparé à l'autre
en qui l'idée architecturale de l'art musical
était si bien contenue ! Un art où la science de
la forme joue un tel rôle qu'on peut, sans avoir
une idée mélodique, y tenir la place d'un Palestrina, ne communique avec la poésie que par
ses détails. Je veux parler des pensées poéti-
ques vibrantes ici et là dans les interstices du
monument et qui l'éclairent. Chez les maîtres
du passé la technique fondamentale était l'objec-
tif ; chez Beethoven, l'idéal poétique s'insinue
et gagne à la main. Pour le viennois Grillparzer, qui le juge en contemporain, Beethoven est

un classique, se rattachant à l'école viennoise ;
pour nous qui sommes la postérité, il est le
chef du romantisme : sans Beethoven et sans
Schubert, — son bien-aimé disciple, — point de
Weber, d'où il nous faudrait conclure que c'est
de Vienne, — terre classique, — que le romantisme du nord de l'Allemagne a reçu l'impulsion.
Mais pour sortir tout son mérite, pour nous
valoir le néo-romantisme de Schumann, de
Wagner, le Beethoven de la dernière manière
avait besoin de voyager. On le contestait encore
à Vienne que déjà Lepzig et Berlin en mesu-
raient l'immensité ; et Paris donc, oublierons-
nous ce mouvement de propagande et d'exégèse
qui partout s'y formait sous l'action des Berlioz
des Listz, des Chopins? Beethoven a le sort
d'Homère ; né au pays du Rhin, le sud et le
nord de l'Allemagne se le disputent, les uns le
rattachant à la famille des Gluck, des Haydn,
des Mozart, veulent qu'il soit venu fermer l'ère
classique viennoise, les autres qu'il ait ouvert
celle du romantisme, et pour tout dire, les deux
partis ont raison, même un troisième, le parti
du genre humain, qui le revendique comme un
de ces génies dont la patrie est partout où leur
langue inspirée est comprise.

Nous nous occupons aujourd'hui moins du
mérite intrinsèque d'une œuvre que des questions générales qu'elle soulève. Grillparzer n'a
point de ces recherches d'invention toute moderne ; le beau musical est à ses yeux quelque chose de « spécifique » et jamais l'idée ne
lui viendrait de tirer d'une sonate la manière
de voir du compositeur sur les principes so-
ciaux. A ce compte, Mozart était vraiment
son dieu. Lui seul entre tous, — je me trompe ;
— au-dessus de tous, il ne le comparaît pas,
— lui seul répondait à son idéal classique de
beauté, de clarté, de grâce dans la force et de
sensualisme honnête. Un poème qu'il écrivait
en 1842 pour l'inauguration du monument de
Mozart à Salzbourg exprime cette adoration.
Les vers sont splendides, et, circonstance rare,
presque unique, l'esthéticien y parle du même
ton d'autorité que le poète : à l'inverse de ce
qui se voit d'ordinaire, Grillparzer mettait en
vers de la musique, ses œuvres lyriques comme
sa prose en sont imprégnées et le connaisseur
peut les parcourir à son aise sans y rencontrer
aucun serpent; point de ces lieux-communs
risibles que les plus qualifiés emploient par
ignorance, et, d'autre part, rien de didactique,

une technique double, un cygne ayant navigué
de naissance sur un lac où les deux sources
mêlent et confondent les eaux.

D'autres ont chanté Mozart, personne ne l'a
plus aimé ; il l'eut, pour ainsi dire, près du
cœur dès sa première enfance : « La femme de
chambre de ma mère était une ancienne choriste
et se servait du libretto de *la Flûte enchantée*
pour me faire épeler mes lettres. Nous passâmes ainsi bien des heures, elle, à me parler,
de la féerie où jadis elle avait figuré en jouant
un singe, moi, à l'écouter sans me douter
encore de tant d'autres merveilles que ces merveilles contenaient et dont je devais n'avoir la
révélation que plus tard (1). »

Vint ensuite le coup de foudre des *Noces de
Figaro* ; et comme il avait cette fois dix-huit ans
ce fut le livre de l'amour qui tint lieu d'alphabet ;
il était dit que Mozart ferait toute l'éducation.
La jeune personne qui chantait Chérubin, vue à
travers le prisme de cette musique, emporta
le cœur du poète. Quant à *Don Juan*, ce qu'il
pensait de cette musique, on le devine, et je

1. Grillparzer, *Autobiographie*, tome X des Œuvres
complètes.

me borne à reproduire la manière dont il envi-
sageait le poème : « Il se peut, en effet, que le
texte de la partition de Mozart soit emprunté
au *Festin de Pierre* et que da Ponte ait plus ou
moins imité Molière. Dans tous les cas, l'imita-
tion vaut un original, il y a là une expérience
de ce qui convient à l'opéra, une science de la
dramaturgie lyrique dont on ne saurait assez
haut louer le mérite ; car remanier de la sorte,
c'est créer. » — « Lui toujours ! » Ainsi parle
Grillparzer ; Mozart seul répond à son idéal de
beauté classique et de suprême distinction.
« Vous le dites grand ? Oui mais par la mesure,
par ce dont il s'abstint non moins que par ce
qu'il osa, sachant jusqu'où l'homme peut rendre et jamais ne visant au-delà ; harmonieux
en tout, même au risque de passer pour moindre. » Parmi les élégies de Grillparzer, j'en
trouve une, et des plus touchantes, dédiée à la
mémoire du fils de Mozart, « penché tristement
comme un saule, sur le mausolée de son père. »
Tout ce qui touchait au grand homme, il l'a
chanté, sans même oublier l'ironique légende
de ce fils écrivant, ô destinée ! d'obscurs quatuors dans l'éblouissement d'un tel soleil.
Comme tous les penseurs, Grillparzer a ses

quarts d'heure d'humeur noire, et c'est alors
lui qui parle par la bouche de ses personnages :
« Qu'est-ce que le bonheur ? Une ombre. Qu'est-
ce que la gloire ? Un rêve, et moi, insensé, qui
fais ce rêve, au réveil que me restera-t-il ? La
nuit ! Il avait l'amertume des désenchantés ;
point méchant, ni malveillant, mais ne se refu-
sant aucun sarcasme, fût-ce à l'endroit des plus
illustres. A quelqu'un qui vantait le style de
l'*Iphigénie* de Gœthe : « J'y consens, répondait-
il, un très beau style de chancellerie que naturellement Thoas, en sa qualité de grand cham-
bellan, devait parler à la cour du roi de Tau-
ride ! » Des excentricités bruyantes de certains
modernes, il disait : « La *génialité* sans génie
et souvent même sans talent, voilà le fléau ! »
Des musiciens qui se travaillent vers le compliqué : « La peur qu'ils ont de faire plaisir leur
fait composer de la musique d'hôpital ! » Mais
cela ne dépassait guère l'épigramme, et, comme
chez notre Nodier, la bienveillance était au fond
de son hypocondrie.

IV

La vie, d'ailleurs, ne l'avait point si mal-
traité ; fort jeune, il avait enlevé, coup sur coup,
deux succès éclatants. Il est vrai qu'à Vienne
le théâtre littéraire n'a jamais enrichi personne. N'importe, un emploi officiel aidait au
train-train quotidien ; et, grâce à l'activité du
fonctionnaire, le poète eut ses coudées franches. Existence en somme très sortable, où
le travail de la pensée eut toute latitude, et
que, sur le tard, les honneurs couronnè-
rent. De passage à Vienne, en 1861, j'eus
l'occasion de rencontrer Grillparzer chez M. de
Schmerling, qui venait de le faire sénateur.
C'était alors un alerte vieillard de soixante
et onze ans, à la physionomie mobile : au repos,
vous y lisiez la sympathie et la réflexion ; puis,
en causant, le regard, un peu terne, s'animait,
la voix s'accentuait, point vibrante pourtant,
presque timide, comme chez les natures déli-
cates ; et quelle culture d'esprit ! Il avait voyagé partout, savait l'Europe et l'Orient. Nous
passâmes de la Grèce d'Homère et d'Eschyle
au Paris de la restauration et de la monarchie

de juillet. Sur notre littérature de 1830 il évi-
tait de se prononcer ; en revanche, nos classiques étaient ses dieux, Racine surtout, qu'il
plaçait dans son admiration immédiatement
au-dessous de Mozart. Notre Conservatoire,
nos théâtres de musique l'enchantaient, particulièrement l'Opéra-Comique, où se jouait encore alors le répertoire des anciens maîtres :
Grétry, Monsigny, Dalayrac, ses délices. Quant
à l'Académie royale, c'était autre chose ; trop
de spectacle et trop de bruit. *La Juive* et *Robert
le Diable* lui semblaient des toiles de magasin
brossées en vue d'une exploitation funambu-
lesque. Même sur *les Huguenots*, il montrait des
réserves. A son gré, la partition ne commençait
qu'au duo du troisième acte entre Valentine et
Marcel. Oh ! ces exclusifs ! jeunes ou vieux, toujours et partout les mêmes ! Au besoin, n'en
pourrais-je pas citer un parmi ceux d'aujour-
d'hui, et, — s'il vous plaît, des mieux qualifiés,
fiés, — pour qui le *Guillaume Tell* de Rossini
n'a qu'une scène, le finale des cantons ! A l'en-
contre de la théorie nouvelle, Grillparzer
recommandait, avant tout, la virtuosité vocale.
Il pensait, lui, homme de théâtre, qu'à l'Opéra,
l'art du tragédien ne devait venir qu'en second,

reprochant à nos Nourrit, à nos Falcon, de
« trop jouer ; » et, ce qui divinisait à ses yeux
la Malibran, c'était de réunir, à titre égal, le
double don : actrice et cantatrice incomparable !

Aujourd'hui que les livres de *pensées* réussis-
sent, il y aurait tout un charmant petit volume
à cueillir dans le champ si varié de Grillparzer, et celui qui se proposerait cette tâche n'aurait, ce semble, point perdu sa peine... Citons
en terminant quelques aphorismes.

« L'esthétique de Lessing est syllogistique,
l'esthétique moderne est psychologique. »

« Schiller tend vers la hauteur, Gœthe en
vient. »

« Le comique est expansif de sa nature, l'esprit est corrosif ; les hommes d'esprit sont rarement bons, les vrais comiques rarement méchants ; l'esprit a son siège dans la tête, le
comique vient de cette région mixte, à la fois
imaginative et sentimentale, que les Allemands
nomment *Gemüth.* »

« Il semble qu'on ait tout dit en faveur d'un
artiste quand on a dit qu'il est *original.* Cela
seul devrait, selon moi, suffire pour le classer
au second rang ; ce qui caractérise ceux de
premier ordre, c'est le sens du naturel ; ils

font, eux, comme les autres, seulement infiniment mieux. »

« La science et l'art, ou, si l'on veut, la poésie
et la prose se ressemblent aussi peu qu'un
voyage ressemble à une promenade : l'intérêt
du voyage est dans le but qui nous l'a fait en-
treprendre, et l'intérêt de la promenade dans le
seul plaisir d'aller devant soi. »

« Tout résultat est du domaine de la prose ;
le beau pour le beau, voilà la poésie : ce qui
plaît sans aucune arrière-pensée d'utilité pratique. »

« La prose nourrit, la poésie désaltère et
enivre. »

« Êtes-vous classique ou romantique ? Querelle absurde ! J'entre, à l'heure du dîner, dans
un restaurant ; je me mets à table, et l'hôte me
demande si c'est pour manger ou pour boire ?
Mais, brave homme, c'est pour les deux. »

« Il est hors de doute que si vous ôtez à
l'homme le pressentiment du surnaturel, vous
le rapprochez de la bête. Remarquez que je
dis le pressentiment, et non la certitude. Car,
en pareille matière, la certitude n'est guère
permise qu'aux hallucinés et n'est indispensable qu'aux infirmes.

« La dévotion est pour certaines femmes ce que la coquetterie est pour les autres, et leur vient de la même source : le désœuvrement. Elles gaspillent le temps à la toilette de leur âme, comme d'autres à la toilette de leur corps, et vont au confessionnal comme chez la modiste pour se regarder au miroir. »

« S'il pouvait être établi que Dieu n'existe pas et que l'immortalité de l'âme n'est qu'un songe, tout s'écroulerait : vertu, bonheur, poésie, art. On enseigne aux hommes que Dieu existe, ils y croient plus ou moins, et le monde va son train. »

« A défaut d'une providence individuelle partout présente, besoin nous est de recourir à la nature, qui, nécessairement, pour le maintient de l'espèce, a dû pourvoir chacun de nous de facultés illimitées de conservation et de perfectionnement. Supposons maintenant que deux de ces forces se contrarient et que celle qui veut le mal écrase l'autre. Que devient la responsabilité morale ? »

« Le souvenir nous ramène au sujet d'une impression, l'imagination nous en montre l'objet, la faire revivre : par l'une je me souviens d'une phrase que j'ai lue, par l'autre je revois la page et la ligne où cette phrase était. »

« Le génie est une faculté conceptive et créa-
trice, le talent une faculté de reproduction et
d'assimilation. Le talent, sans le génie, conserve toujours sa valeur ; le génie, sans le talent,
est un théorème sans la preuve, un de ces attributs dont on jouit tout seul, entre intimes. Ce
qui ne se peut rendre par l'exécution n'existe
pas. Le génie conçoit et crée, le talent exécute
et reproduit. Il est en général chose mondaine,
et nous avons même inventé, à son bénéfice,
l'adjectif « génial » qui, de nos jours, s'applique
un peu à tout le monde, principalement à ceux
qui n'ont pas de talent. »

« Les fausses théories n'ont jamais causé la
perte d'un art ; elles viennent quand cet art est
atteint jusqu'aux mœlles. La production est une
machine si puissante que son roulement suffit
pour étouffer le bruit des esthéticiens. Seulement, lorsqu'elle s'épuise ou se disloque, se
propagent les faux principes qui bientôt, obs-
truant la voie, auront rendu tout impossible,
et ce sera à quelque nouveau-venu de remonter
l'horloge. La ruine d'un art a pour cause les artistes eux-mêmes, d'où cependant il ne faudrait
pas inférer que tel artiste, ayant énormément
contribué à la ruine de son art, soit de sa per-

sonne un génie médiocre ; son grand art sera,
par exemple, d'avoir exclusivement cédé à des
tendances tout individuelles. Chacun de nous a
le droit d'être ce qu'il est et de se distinguer des
autres tout en puisant au fond commun ; tout
le mal vient des imitateurs qui, sans avoir à
part eux rien d'individuel, se ruent sur l'individualité d'un homme et s'en disputent les
lambeaux. »

« Tel maître va s'engager dans une voie que
lui seul peut suivre, tel autre prendra la voie
ouverte devant tous, le grand chemin du beau,
du vrai, du bon, et de ces deux génies, — souvent égaux, — il n'y en aura qu'un de classique.
Beethoven est peut-être aussi grand musicien
que Mozart; il lui manque le goût suprême,
l'équilibre, la santé physique et morale; il y a
dans son organisme et dans sa vie un je ne sais
quoi d'irrégulier, de péniblement bizarre, qui,
passant dans son œuvre, la devait plus tard
recommander, comme un engin de destruction,
aux faiseurs de guerre civile. »

Désormais le goût de la musique est universel, il faut donc la juger autrement qu'à une
époque beaucoup moins large et moins ouverte
d'envergure. Une bonne esthétique selon notre

temps sera nécessairement scientifique, historique et populaire. Celle de Grillparzer, — trop exclusive, — ne suffit plus. Les masses ne se laissent ni convaincre ni diriger par des aphorismes ; elles veulent la preuve, et la preuve ne s'acquiert que par des auditions fréquentes, entraînant après elles des discussions plus ou moins banales, où le divin type, en se répandant et se vulgarisant au jour le jour, ne laisse pas de se dégrader quelque peu. Grillparzer fut un des derniers représentants de la critique de sanctuaire : il eut devant Mozart des agenouillements apostoliques, sans nier de parti-pris les dieux nouveaux, fidèle au passé, ouvert au présent, large de vues, avec des principes très arrêtés, judicieux, intraitable et bon enfant, — ce que personne aujourd'hui ne veut plus être, — bref, un de ces commentateurs originaux et dévoués par qui les chefs-d'œuvre se survivent. Le Louvre peut brûler demain et la Joconde cesser d'être ; cent ans, deux cents ans encore, et *Don Juan, les Noces de Figaro, la Flûte enchantée* dormiront dans les nécropoles à côté de *Fidelio* et des neuf symphonies ; et pourtant on en parlera toujours comme du Jupiter d'Otricoli, comme du colosse de Phidias en chrysélé-

phantine réduit en cendres dans l'incendie de
Bysance. Les monuments du beau peuvent périr,
son idée reste immanente, et cela, grâce à quelques-uns de ces croyants, de ces naïfs, de ces
« bons enfants » qui se donnent la main à travers les siècles et font, — quand les chefs-
d'œuvre ne sont plus, — que nous continuons
de les admirer.

IV

SCHUBERT, MUSSET ET DIDEROT

On a dit que le véritable artiste ressemblait à ce père de famille de l'évangile qui prépare sa table sans demander quels hôtes il aura, sans savoir même s'il en aura, ni spéculer sur leur reconnaissance. N'a-t-il pas chez lui et dans lui son dédommagement prévu d'avance : la pensée qui console de tout ? L'un adore les vers, l'autre la peinture, j'en connais que la musique rendrait fous, et qui, les dimanches d'hiver, courent chez Pasdeloup ou chez Colonne, comme au printemps les amoureux vont au bois pour y rêver ! Rêver est bien le mot ! Tous ces programmes, en effet, n'ont plus rien à vous apprendre, tous ces chefs-d'œuvre, vous les avez entendus si souvent que vous ne les entendez plus que vaguement, comme on perçoit les bruits de la nature ; alors votre imagination s'émeut, travaille, et naissent les mirages. Que

de fois, en écoutant la symphonie de Mendelssohn, je me suis ainsi raconté le vieux fabliau de
Mélusine ! Rappelez-vous, au début de l'ouverture, cette phrase passionnée jaillissant en quelque sorte du frais gazouillement de la source,
pensez à ces sonorités frissonnantes, humides,
à ces grésillements partout répandus jusqu'au
retour du motif principal où le hautbois joint
sa note douloureuse et tendre annonçant le mystère accompli ; la nymphe est devenue femme,
la déesse a désormais un cœur pour aimer et
pour souffrir humainement. Mais si le répertoire de Mendelssohn abonde en thèmes de ce
genre — *Mélusine, le Songe d'une nuit d'été, la
Nuit de Walpurgis,* — que chacun de nous peut
varier à sa fantaisie, il y a des maîtres qui for-
mulent leurs idées d'un tel style qu'il s'y faut
tenir ; Beethoven n'écrit jamais sur les nuages ;
il nous dit le sentiment qui l'affecte et d'une
manière qu'on ne s'y méprend pas. Permis à
tous de le traduire, de le commenter, quant à
divaguer longuement à son sujet, peine d'amour
perdue ! De l'esthétique autant qu'il vous plaira,
de la psychologie à des profondeurs infinies,
rien de fantastique ! Schubert est le contraire :
il prête aux interprétations sans nombre ; Bee-

thoven n'en veut qu'à votre entendement, à
votre âme ; Schubert guette vos sens et vous
amorce. Chacun de ses tableaux ouvre à vos
yeux des perspectives nouvelles. Nul compositeur n'a mis dans son art tant de choses diverses, ondoyantes ; sa musique est imprégnée de
pittoresque et de littérature. Il est le plus moderne des modernes. Mais tout ceci doit être
démontré.

I

Victor Hugo n'a pas inventé la ballade, Schubert non plus, et de même qu'en France nous
avons eu nos poètes du xvıᵉ siècle, de même,
les Allemands ont eu leur pléïade musicale, qui
date de 1773, époque où prit naissance la *Lénore*
de Bürger. Je veux parler de la ballade comme
l'entend Schubert, c'est-à-dire d'une sorte de
composition homogène formant avec le texte
littéraire quelque chose d'organique et d'architectural, pénétrant au cœur de la situation, l'illustrant au lieu de procéder tout simplement
par refrains, strophes et couplets à la manière
des chansons d'autrefois. On est toujours le fils

de quelqu'un et, dans le genre spécial qu'il devait porter si haut, Schubert lui-même eût ses
ancêtres ; Johann André, Zumsteeg, Tomascheck, Zelter (le correspondant de Gœthe), Reichardt l'ont précédé non sans gloire, d'autres
l'ont suivi qui mériteraient peut-être eux aussi
d'être signalés : Karl Löwe et Robert Frantz.
Longtemps nous avons cru qu'un pareil sujet
était de ceux dont il faut se défier, cependant
maintes raisons nous y invitent : nos lectures d'a-
bord, tant d'ouvrages publiés en Allemagne par
des écrivains qui sont des esthéticiens bien plus
encore que des musicologues ; les Ambros, les
Riehl, les Otto Jahn nous ont mis en goût d'in-
vestigations. Ces précurseurs, dont on nous ra-
contait les tentatives, nous avons voulu les connaître, et si nous en parlons à notre tour, c'est
après n'avoir rien négligé pour entrer directement dans leurs confidences. Le temps est à
l'étude des analogies : notre imagination, plus
déliée et plus vibrante, fait des rêves de transposition d'un art dans l'autre ; nous aimons
qu'il y ait de quoi entendre, mais nous voulons
surtout qu'il y ait de quoi réfléchir et discourir pour et contre et alentour : je me figure un
Diderot avec sa nature impressive, sa logique

brisée, saccadée, s'emparant de la conversation.
Que de thèmes nouveaux pour lui dans cet art
musical dont il nous parlerait en nous faisant
entrer par les idées dans la contexture harmonique comme il faisait entrer ses contemporains
dans la couleur ! Si la musique eut des fron-
tières, aujourd'hui son royaume s'étend partout,
rien de ce qui touche à l'intelligence, rien d'humain ne lui demeure étranger : elle, jadis avec
Haydn et Mozart, la pure voix des affections de
l'âme, va devenir avec Beethoven, l'organe de la
pensée, et cessant d'invoquer en nous des sensations plus ou moins vagues, concentrera
l'effort de sa méditation sur tels sujets détermi-
nés qu'elle coordonne et développe systémati-
quement ; laissons l'horizon s'élargir et bientôt
ce que la parole semblait seule appelée à rendre, la musique voudra l'exprimer ; voici Berlioz et la symphonie de *Roméo et Juliette,* une
tragédie descendue du théâtre dans l'orchestre.
Passe encore s'il ne s'agissait que de nous peindre l'état psychologique des deux amants, leurs
ardeurs, leurs ivresses et leur infortune ; mais
non, c'est le drame tout entier qui se déroule
scène par scène et sans paroles ; la querelle des
domestiques au lever du rideau, l'intervention

pacifique du prince, le bal chez les Capulet, et
tout cela splendide, imposant, entraînant et
d'un intérêt à la fois musical et dramatique, un
Delacroix à grand orchestre dont quelque Shakespeare aurait simplement écrit le programme.
Essayez donc ensuite de médire de ces transpositions d'un art à l'autre qui seront un jour
le signalement de notre époque et dont l'avenir
nous tiendra compte ! Je soupçonne un peu de
quel nom les pédants de l'heure actuelle nomme-
ront cet art, ils nous enseigneront que c'est de
l'alexandrinisme. Eh bien ! après ? Ne nous a-
t-on pas aussi conté que Gœthe était un alexan-
drin ? tant mieux pour les alexandrins !

Les peintres nous représentent les muses,
non point séparément, mais en groupes et divi-
nement enlacées. Ainsi, les arts veulent être
compris, chacun conservant sa forme individuelle, son particularisme, et, tous, venant
s'unir et se confondre dans l'idée au sein d'une
atmosphère dont la poésie fournira l'éther lumineux, ce qui, je le répète, n'empêchera
point la poésie d'être à ses moments un art
absolument personnel, de même que la philosophie redevient une science *fermée* et retrouve
son quant-à-soi après avoir servi de base fon-

damentale à toutes les sciences. Analogie, relation, mutualité, les romantiques, je le veux
bien, ont souvent abusé du paradoxe, mais
celui qui, jadis, définit l'architecture une musique passée à l'état solide et la musique une
architecture liquéfiée, Schlegel, on peut le dire,
ne s'amusa point cette fois à jongler avec des an-
tithèses. Nierons-nous les rapports qui existent
entre les combinaisons profondes et fantastiques,
les symétries, les enroulements et les enchevê-
trements du style de Sébastien Bach et la cathédrale gothique? Une symphonie de Mozart n'a,
je le confesse, ni des portes, ni des fenêtres,
vous y chercheriez vainement des métopes ou
des triglyphes, et, quoi qu'en ait dit Auber, qui
voulait que le paradis fût en *ut* majeur, personne, jusqu'ici, ne nous a révélé dans quel ton
était la cathédrale de Paris. Mais étudiez sévèrement chez Haydn, Mozart et Beethoven l'or-
donnance imperturbable de la symphonie ;
rendez-vous compte des parties, considérez-en
la forme abstraite : andante, scherzo, rondo, et
voyez si tout cela ne répond pas aux principes
d'une certaine construction monumentale. Lorsque je parle à un musicien d'introduction, de
phrase incidente, il sait tout de suite à quel

stade du morceau j'entends faire allusion; de
même qu'un architecte à qui vous parleriez de
vestibule, de cime ou d'architrave. C'est se
tromper que de croire que la musique est un
art de pur agrément et qu'elle a rempli son
mérite quand elle nous a promenés pendant une
couple d'heures à travers des enfilades de
mesures aussi charmantes qu'arbitrairement
attachées les unes à la queue des autres. Des
arabesques multipliées ne font pas un tableau,
l'ouverture de *la Muette*, celle de *Zampa* sont de
beaux morceaux; pourquoi ne les voyons-nous
pas figurer parmi l'œuvre des maîtres sur les
programmes du Conservatoire ? C'est parce
qu'il leur manque l'élément architectural, cette
force organique de symétrie et d'harmonie dont
les ouvertures de Beethoven portent la marque. Art purement architectonique avec Sébastien Bach, art d'expression sentimentale avec
Haydn et Mozart, la musique deviendra plus
tard, grâce à l'influence de Rousseau, de Shakespeare et de Gœthe sur l'auteur de *Fidelio*,
des *Sonates* et des *Symphonies*, l'art de la pensée pure et tournera chez Franz Schubert au
pittoresque. *Ut pictura poesis*, disait Horace;
Ut pictura et poesis musica, dira Schubert, mu-

sique de l'âme, musique de l'esprit, musique de
la parole écrite et chantée.

J'ai cité la *Lénore* de Bürger : les lieds de
Gœthe ont également contribué à chasser de
l'atmosphère l'ariette, la chanson et tous les
éternels lieux-communs du rococo italien.
Aussi longtemps qu'avait duré la période du
contrepoint et du « joli petit oiseau des bois »,
personne ne s'était avisé d'aller demander à la
musique autre chose que de la musique. Les premières œuvres de Beethoven, conçues dans le
sens de Haydn et de Mozart, ne nous montrent
encore que la même absence de préoccupation
à l'endroit d'un élément quelconque, extra-
musical. Vous vous y promenez de mélodie en
mélodie comme en un jardin, vous admirez la
beauté des fleurs, vous en respirez le parfum
avec ivresse, et puis c'est tout. Cependant Beethoven avait son idée de derrière la tête qui
déjà commence à percer dans la sonate pathétique et que nous révèle ouvertement la sonate
en *ut* majeur destinée, — c'est le maître lui-
même qui nous l'apprend, — à nous initier à
l'état d'âme d'un mélancolique, lequel mélancolique n'est autre que Beethoven. Vienne fut
pour la musique, à la fin du XVIIIe siècle, ce

que fut Weimar pour les lettres, et l'intérêt de
ce rapprochement augmente encore quand on se
représente l'union des deux muses s'accomplis-
sant sous les auspices de Gœthe et de Beethoven. Le mot d'ordre était donné, l'heure avait
sonné des musiciens-poètes, nommez-les du
nom qui vous plaira : Mendelssohn, Chopin,
Schumann, Schubert, Karl Lowe ou Robert
Franz. Ils forment un cycle original, tout moderne ; par eux la littérature est entrée dans
l'art des sons, la note et le mot fraternisent ; à
la place des niaiseries florianesques, voici le
drame et la passion : *Le Roi des aulnes, Marguerite au rouet, la Religieuse.* J'ai dit que nous étu-
dierions les origines, voyons les précurseurs.

Pour Bürger, on le connaît, aussi bien chez
nous qu'en Allemagne, ne serait-ce que par sa
Lénore, type éternel de toutes les ballades fantastiques et sans lequel Victor Hugo n'eût peut-
être pas écrit *la Fiancée du timbalier,* Dumas *le
Sire de Giac.* Quant aux compositeurs dont le
génie s'est de tout temps exercé sur la ballade
de Bürger, on ne les compte pas. Zumsteeg fut
le premier qui donna couleur de drame à ces
poésies populaires jusqu'alors chantées, strophe
par strophe, à la veillée, comme des litanies,

avec accompagnement de rouets qui tournent et
de fuseaux qui se dévident. Sa *Lénore* conserve
en ce sens un intérêt historique, tandis que
celle de Tomascheck, bien supérieure, est ou-
bliée. Lorsque Zumsteeg mourut, les éditeurs
n'eurent rien de plus pressé que de publier ses
œuvres, et il y en a beaucoup, de valeur fort
disparate, le médiocre et le mauvais à côté de
l'excellent ; vous parcourez un morceau en re-
grettant les cinq minutes qu'il vous fait perdre,
vous tournez la page : une surprise, une vraie
trouvaille ! Zumsteeg et Tomascheck eurent
pour successeurs dans cet ordre de composition
Zelter et Reichardt, deux noms que le patronage de Gœthe et sa correspondance ont mis en
quelque lumière. Il est vrai que l'opinion de
Gœthe en un tel cas ne prouve guère. Ainsi,
l'auteur de *Faust,* voulant féliciter Zelter, lui
écrira : « Je n'aurais jamais cru que la musique
fût capable d'exprimer les accents aussi profondément pathétiques, » et Gœthe disait cela dans
un temps où Mozart donnait *l'Enlèvement au sérail, Don Juan* et *la Flûte enchantée !* Quelle autorité accorder à des jugements de cette espèce ?
Mieux eût valu complimenter Zelter pour sa
littérature. Ses lettres à Gœthe contiennent en

effet plus d'intéressantes considérations, de critique et d'ingénieux points de vue que ses partitions ne renferment de bonne musique. J'indiquerai à ce propos comme témoignage une certaine page de cette correspondance, où Zelter, énumérant diverses impressions pittoresques, raconte à Gœthe les analogies qu'un musicien ne peut s'empêcher d'établir entre la campagne romaine, les calmes horizons des montagnes de la Sabine et le style de Palestrina et de ses contemporains, de même qu'Alexandre Scarlatti et Pergolèse nous entretiennent du soleil et des jardins de Naples et que la musique des Vénitiens nous parle de l'architecture marmoréenne et du romantisme des lagunes. A ce compte, la musique de Zelter éveillerait à son tour l'idée d'une de ces plaines sablonneuses qui entourent Berlin et que jamais une source vive, jamais un rossignol n'ont égayées de leurs chansons. Mais Gœthe, qui d'ailleurs ne s'y connaissait point, avait sans doute une raison particulière à lui de goûter par-dessus tout les compositions de Zelter et de préférer à Mozart ce musicien qui n'apportait à sa poésie qu'une sorte de *minimum* musical insignifiant.

La *Lénore* de Zumsteeg parut en 1799, sui-

vant de près celle de Johann André et précé-
dant la *Lénore* de Tomascheck, la première, traitée à la manière du bon vieux temps et nous
rappelant le style de Graun ; la deuxième, empreinte de la physionomie de l'époque de Mozart ; et la dernière déjà touchant à Beethoven :
une partition d'opéra dans toute la force du
terme, ou plutôt une de ces métastases d'opéra
comme les aiment aujourd'hui ceux de nos musiciens qui n'ont à leur service ni un librettiste,
ni un théâtre. Qu'on se figure une ballade avec
des airs, des morceaux d'ensemble et des fina-
les. La *Lénore* de Zumsteeg a moins de profondeur et de pathétique, mais en revanche plus
de caractère. Il ne s'agit pas cette fois d'un opéra
in partibus. Le ton du genre est maintenu, le
côté nocturne et fantastique du sujet rendu si
bien que l'épouvante ne vous quitte pas ; vous
sentez que l'auteur croit à ses spectres, qu'il les
connaît à fond et les tutoie. La course affolée
des deux amants à travers le déchaînement de
la tempête, les horreurs qui les accompagnent :
processions sinistres, farandoles autour des gibets, les hourrah, les *sasa*, les *trop, trop!* voix de
l'espace et de l'abîme, ponts qui retentissent
sous l'effréné galop, portes dont grincent les

ferrailles, effondrement du cavalier avec sa
monture, tout cela imagé, plein de furie et de
surnaturel ! Tous du reste ont adopté scrupu-
leusement le sens et la couleur du texte, et s'il
y eut jamais une infidélité de commise, ce n'est
pas à la musique, c'est à la peinture qu'il la
faut reprocher. Conçoit-on, par exemple, qu'Ary
Scheffer ait reporté son sujet à l'époque des
croisades, sacrifiant au luxe des costumes, au
déploiement de la mise en scène, l'idée mère et
l'étonnante originalité de la conception du
poète ? Heine ne s'y est point trompé : « L'armée des croisés passe et la pauvre Lénore n'y a
pas vu son fiancé ; il règne dans tout ce tableau
une mélancolie douce et presque sereine, et rien
ne fait prévoir l'horrible apparition de la nuit
prochaine. » La Lénore de Bürger vit dans une
période de protestantisme et d'examen critique,
et son amant est parti pour conquérir un morceau de la Silésie au profit de l'ami de Voltaire ;
alors il y avait du doute et des blasphèmes. La
Lénore de Scheffer vit au contraire à une époque toute catholique ; celle-là ne blasphèmera
pas la divinité, et le cavalier trépassé ne viendra pas l'enlever. Sa tête, comme une fleur affli-
gée, s'incline sur l'épaule de sa mère, tandis

que du haut de son coursier de bataille, un chevalier jette sur elle un regard plein de pitié. La
fleur se fanera, mais elle ne maudira point.
C'est une douce composition qui écarte et chasse
au loin les esprits de haine et de rage, un tableau
tout harmonieux, où, dans la musique des couleurs, règne l'unité la plus consolante, et c'est
en même temps le plus heureux des contre-sens.

Le nom de Zumsteeg n'en reste pas moins
fort oublié, et la plupart des gens qui le citent
dans la conversation ne le connaissent que par
ouï-dire ; il a cependant, de même que Tomascheck, son contemporain, et, comme Schubert,
Schumann et Lowe, ses descendants, produit
des œuvres très nombreuses et très diverses :
opéras, cantates à grand orchestre, solos d'instruments à cordes, récits dramatiques, d'après
Schiller, d'après Klopstock, méditations ossia-
niques, jusqu'à des épigrammes, jusqu'à des
fables ; l'apologue du Coucou, de la Chouette et
des Deux Hibous. Ils sont là quatre, plus hideux
les uns que les autres, conspués du monde entier et se distribuant entre eux des compliments :
« Notre éloge, qui le fera ? Personne ; faisons-
le donc alors nous-mêmes. » Et pour exprimer la pérennité du panégyrique, l'auteur

termine son morceau sur un accord de septième sans résolution.

Les Allemands ont toujours affectionné ces sortes de rébus. Ils en mettaient dans leurs tableaux et dans leurs gravures bien avant d'en mettre dans leur musique. Si peu que l'on ait présent à l'esprit l'œuvre d'Albert Dürer, on se souviendra d'une estampe au millésime de 1504 ; Adam et Ève près de l'arbre de science où le serpent est enroulé. Le paradis foisonne d'animaux, un chat se pelotonne aux pieds d'Ève ; à côté de ce chat, une souris pleine de confiance, un lièvre assis tranquillement ; l'innocence et la paix règnent encore. Jusque-là, rien d'énigmatique ; regardons mieux. Derrière l'arbre fatal, appuyé au tronc, se dresse une licorne. Vous passerez vingt fois devant cette page sans vous douter qu'il s'y cache une de ces charades dont raffolait il y a trois ou quatre ans la badauderie parisienne : licorne en allemand se dit *Elend*, qui signifie également malheur et misère. Or, n'est-il pas écrit que, derrière la chute, le malheur guette ? A vous de comprendre. Une autre fois ce sera Steinle qui, pour rendre cette pensée : *Nulla fides*, peindra un violon brisé aux pieds d'un enfant, car violon se traduit aussi par *fines*. Ce qui nous constitue un tableau qui pourrait *ad libitum* s'intituler : « Plus de foi, ou plus de violon sur cette terre. » Ce bizarre symbolisme national, transporté dans l'art musical par les anciens compositeurs, n'est-il pas curieux de le voir en usage chez plusieurs des mieux classés parmi les modernes, chez Karl Löwe, que nous venons de citer plus haut, et qui s'ingénie à l'appliquer à tout? Ainsi l'oratorio des *Sept Dormeurs* commencera et finira par sept accords de septième faisant allusion aux sept frères et tenus par sept instruments à vent. C'est se donner bien de la peine pour un très mince résultat (1). Il en faut dire autant d'une de ses meilleures pièces : *l'Apprenti sorcier*. On connaît la ballade de Gœthe : l'apprenti commande au balai d'aller puiser de l'eau, et le musicien, par une phrase figurative, nous peint le balai qui se met en branle. Cependant, quand il veut arrêter cette force machinale inprudemment déchaînée, l'apprenti s'aperçoit qu'il a ou-

1. Qui jamais, en effet, s'avisera de compter combien de fois un accord est répété, et comment, sans aller y voir sur la partition, remercier ces instruments à vent d'avoir ce rare esprit d'être justement sept au lieu d'être huit ou de n'être que six ?

blié la formule. Effaré, pris de terreur, il s'attaque au balai à coup de hache ; le balai se fend
en deux, la figure mélodique fait de même et
devient un canon à deux voix.

Schubert néglige cet art de subtiliser et chante
à cœur ouvert. Un musicien peut être peintre
et poète, sans avoir pour tâche d'empiéter sur
le domaine de la poésie et de la peinture, ni
prétendre les rendre inutiles ; la poésie est l'art
des mots, et la musique l'art des sons, mais il
arrive telle situation où les deux vont avoir à
se confondre ensemble, où l'idée contenue dans
le mot va se noyer dans le son pour revivre
ensuite d'une double vie. La musique ne saurait ni penser le monologue d'Hamlet ni réussir
à rendre certains idiotismes, quoi qu'en dise
Schumann, lorsqu'il prétend découvrir dans
une sonate de Schubert l'état mélancolique d'un
brave garçon incapable de payer la note de son
tailleur. Mais donnez-lui à peindre des émotions
et vous la verrez trouver des accents même pour
l'inexprimable : ce silence par exemple, placé
dans le duo de *Fidelio* au moment où les époux
viennent de se reconnaître : « Toi ! » s'écrie Flo-
restan. « Moi ! » répond Léonore, et tous les
deux tombent muets dans les bras l'un de l'au-

tre. Soyez Beethoven, soyez Shakespeare et
quand l'accent ou le mot manquera, vous trouverez l'hiéroglyphe : cette pause dans le duo de
Fidelio, et dans *Othello*, ce cri d'un désespoir
sans bornes, contenu dans une réticence : « Quel
dommage, Iago, quel dommage! » Mais si la
musique a ses infinis de pathétique, elle a également son pittoresque, et telle occasion peut
s'offrir où sur ce terrain elle battra sa noble
sœur la poésie. Je lis *le Songe d'une nuit d'été*
et j'y vois que Puck franchit l'espace « comme
le trait lancé par l'arc d'un Tartare. » Cherchez
au théâtre un comédien pour vous représenter
ce personnage et en même temps que lui, des
elfes organisés de manière à se cacher dans le
creux d'une noix. C'est ici que Mendelssohn
accourt à l'aide de Shakespeare. Écoutons ce
scherzo sautillant, pétulant, ricanant et tout ce
que le poète nous raconte de son lutin nous devient aussitôt vraisemblable. Nous voyons gam-
bader Puck derrière la coulisse; nos oreilles,
mieux encore que nos yeux, nous le montrent
fendant les airs comme la flèche du Tartare.
La poésie fournit le mot, la musique le tourne
et le retourne, l'épluche, saisit l'idée et part de
là pour une *conception nouvelle*.

Appliquer simplement des accords sur un texte donné, besogne de philistin ! très finement raillée par Gœthe, un jour que, dialoguant avec Eckermann, il déclarait que sa ballade du *Pêcheur* ne pouvait être mise en peinture, parce que cet art n'a point en sa puissance d'exprimer « ce sentiment, cet appétit de l'eau qui par une journée d'été nous invite à nous baigner » et qu'il avait, lui poète, voulu rendre dans ses vers. Que de tableaux pourtant ce sujet n'a-t-il pas inspirés et que de lieds aussi ! C'est que rien n'est en somme plus facile que de s'exercer à ce jeu de transposition. Ne sortons pas de la musique ; vous êtes compositeur, ce motif vous séduit, c'est la chose du monde la plus simple, et vous n'avez qu'à vous laisser faire. « L'eau murmure, l'eau bouillonne : » une figure dans l'accompagnement, cela va de soi. « De l'onde émue, sort une femme : » *trémolo*, petit accord de neuvième. « Elle chante, elle lui dit : » *cantabile* à la Gounod pour voix de sirène, et comme résumé, un peu d'élégie, une douce plainte sur le sort de l'infortuné pêcheur disparu sous la nappe humide. Le tour est joué, chaque mot du poème est traduit, rien ne manque à l'*illustration*, si ce n'est la note caractéris-

tique mise là par Gœthe : l'attrait, l'attraction,
le sentiment de l'eau dans son idéal de fraîcheur, de profondeur, de transparence et de
charme pernicieux.

Est-ce ainsi que procède Schubert? A Dieu
ne plaise! Quel que soit le thème, il en extrait
tout ce qu'il renferme à l'état latent d'expression psychologique et pittoresque et le fait jail-
lir à la lumière avec des explosions mélodiques
à vous renverser.

— Quels secrets a ce diable d'homme? nous
disait Musset, une nuit que nous arpentions le
boulevard des Italiens en causant musique (1).

---

1. Les poètes, en général, aiment peu la musique et n'ont
guère de goût que pour la peinture. Musset, dans son
temps, fit exception à la règle ordinaire. Encore n'en
doit-on point conclure qu'il s'y connût. Tout se bornait à
des impressions, à des attitudes selon la *fashion*, et son
italianisme pour Bellini comme son germanisme pour
Schubert lui venait plutôt par influences féminines; toujours est-il qu'il avait à très haut degré le don de percep-
tion et s'en servait à certaines heures : « Je ne connais rien de plus agréable, après qu'on à bien déjeuné,
que de s'asseoir en plein air avec des personnes d'esprit
et de causer librement des femmes sur un ton convenable. » Tel était le dilettantisme de Musset : causer musique librement sur un ton convenable.

Connaissez-vous un seul bruit de la nature dont il n'ait pas surpris l'individualité ? Personne, comme lui, ne s'entend à peindre l'eau, et quelle variété de touche, quelles nuances de pinceau ! L'eau qui fait aller le moulin de *la Belle Meunière* n'est point la même que l'eau du svelte et clair ruisseau où, parmi les roseaux et les cailloutis, danse la truite vagabonde. Il a, comme nous disions en rhétorique, des onomatopées dont aucun musicien avant lui ne s'était douté, il a des roulements, des rythmes, des tic-tacs qui réveillent en vous la mémoire de mille bruits perçus réellement et qui vous reviennent... Tenez, c'est un paysagiste incomparable !

— Dites aussi, un romancier, un conteur, un fabuliste, car pour se rendre bien compte des formes qu'il emploie, pour apprécier ses rythmes à leur valeur, il vous faut d'abord pénétrer au cœur du sujet. Dans ce poëme de *la Truite*, l'eau s'amuse, elle danse et rit au soleil, il n'y a que chanson, clapotement et miroitement ; à peine sur la dernière mesure, à l'instant où la pauvre petite est prise au piège, une ombre effleure le cristal, qui tout de suite redevient limpide et chatoyant : l'eau qui coule dans le roman de *la Belle Meunière* est moins folâtre,

14

car elle jase avec le moulin qui lui raconte les
amours de la meunière avec le chasseur et recueille aussi la plainte du pauvre apprenti délaissé qu'elle revoit chaque nuit assis au clair
de lune sur ses bords et rêvant au suicide. Cette
eau-là s'attend à jouer avant peu son rôle dans
quelque évènement tragique et roule déjà des
pressentiments. On cherche des sujets de ballet,
connaissez-vous quelque chose de plus romantique et de plus touchant à représenter à l'Opéra
que ce poème de Wilhelm Müller découpé par
Schubert en petits actes : le départ, le moulin,
la belle meunière, le chasseur, l'amour trahi,
la plainte au bord de l'eau, la délivrance ; mais
ce serait une vraie fête !

— Oui, pour vous, pour moi, pour nos amis,
mais si vous croyez que cela ferait l'affaire du
public, vous vous trompez étrangement. Le
public n'aime que les poncifs et vous plante là
dès qu'il s'aperçoit que vous voulez l'induire en
poésie. Vous me citez Schubert, je vais invoquer Mendelssohn. Que diriez-vous par exemple
de cette affiche : *le Songe d'une nuit d'été*, opéra
en deux actes, paroles de Shakespeare et musique de Mendelssohn ? Eh bien ! je l'ai proposée
à Véron, moi qui vous parle.

— Et il vous a répondu : *le Songe d'une nuit d'été!* une fantaisie dans la lune avec un très joli *scherzo*, cela coûterait fort cher à monter, mais divertirait beaucoup Habeneck.

— Autrement dit, l'effet ne dépasserait pas la rampe, et somme toute, il avait raison, et c'est nous qui nous égarons lorsque nous prétendons imposer des raffinements au plus grand nombre. Les gens qui vont voir un ballet n'y mettent point tant de malice : pourvu que la danseuse soit à la mode et que le pas soit bien rythmé, ils ne s'inquiètent point si la musique est de Schubert, de Mendelssohn ou de Beethoven, ce qui d'ailleurs ne les empêche nullement de se rendre ensuite le dimanche au Conservatoire pour y faire leurs dévotions. Vous voyez que je suis libéral et que j'admets la séparation de l'église et du théâtre.

Nous causâmes ainsi jusqu'au matin, non moins enthousiastes l'un que l'autre et non moins entraînés. Musset avait à cette époque, une amie qui lui jouait les *transcriptions* de Liszt. C'est dire qu'il savait par cœur son Schubert et croyait l'avoir découvert. Le pittoresque l'émerveillait ; il ne se lassait pas d'y revenir, admirant ce qu'il appelait « des effets spéciaux. »

— Ne remarquez-vous pas, ajoutait-il, que Schubert a le pittoresque en largeur, plutôt qu'en hauteur ou en profondeur, et qu'il lui faut, comme à Lamartine, un grand espace pour se développer, tandis que Schumann, comme La Fontaine, opère en un rien de temps?

Et là-dessus, il me citait la *Marguerite au rouet*, la *Sérénade*, les *Chants du voyageur*, *la Jeune fille et la Mort*, *Mater dolorosa*, puis s'interrompant tout à coup :

— Et *le Roi des aulnes !* s'écria-t-il au paroxysme de son ravissement.

— Et *la Religieuse !* répliquai-je sur le même ton.

— *La Religieuse*, reprit-il, halte-là ! sujet réservé ; taisons-nous.

— Réservé à qui ?

— Et pardieu ! mon cher, au seul homme ayant qualité pour en discourir.

— Et cet homme, vous le nommez ?

— Diderot... Monsieur Denis Diderot. Pensez-vous qu'il soit à Paris ? en ce cas, allons tout de suite le réveiller et vous en entendrez de belles sur la conception musicale de son collaborateur.

II

L'influence du clavier moderne en sa toute-
puissance agit à ce point sur Schubert que ses
plus beaux lieds vous produisent parfois l'effet
d'études de piano avec accompagnement de
voix humaine. Il s'assied à la table d'harmonie,
laisse courir ses doigts, l'instrument a compris,
il s'élance, et du jeu des modulations se dégage
un brouillard sonore où bientôt apparaît la mélodie. Avez-vous jamais visité la fontaine de
Vaucluse au premier soleil : c'est un éblouissement, un tapage à ne plus rien voir ni entendre ; l'immense nappe d'eau s'écroulant de tout
son poids rebondit de rocher en rocher en fol-
les cascades dont l'écume irisée aux feux du
jour nouveau se peuple insensiblement d'arabesques et de formes idéales ; la mélodie de
Schubert a ce prestige, et sans être un mirage
comme les visions du gouffre, elle éclôt radieuse
des profondeurs tourmentées de l'accompagnement. Les motifs de Beethoven gagnent beaucoup à l'élaboration, à la main-d'œuvre ; plus
ils sont tournés et retournés, plus ils s'étoffent
et grandissent. Avec Schubert, c'est le con-

traire ; ses thèmes naissent achevés ; ils sont
du premier coup ce qu'ils doivent être, et tout
effort de dialectique n'y apporte que préjudice.
Les symphonies de Schubert, ses quatuors et ses
sonates pèchent par exubérance ; vous diriez
un de ces jardins livrés à l'abondance de la vé-
gétation naturelle ; les fleurs y foisonnant sans
culture, les arbres, poussant leurs branches au
hasard, s'y étouffent sous l'étreinte des herbes
grimpantes, et leur richesse même les rend im-
praticables. Schubert, dans ses œuvres instru-
mentales, subit l'inconvénient de sa nature dé-
bordante : les motifs l'encombrent ; il en a
trop pour les développer. Autre chose est de
ses compositions vocales, où le texte agit formellement ; la parole impose son frein et les
esprits du rythme poétique tendant la main aux
esprits du rythme musical, l'architecture du
vers préside en quelque sorte à l'architecture
du son. Schubert porte à l'extrême le sentiment
de ces transpositions ; il sait éviter tout ce qui
ressemble à du placage, découvrir les parallé-
lismes, à ce point que certains morceaux, *le Roi
des aulnes*, par exemple, vous font l'effet d'être
écrits au moyen d'un chiffre hiéroglyphique tra-
duisant le mot et l'image par le son. Zumsteeg,

Tomascheck, Zelter, Reichartd, Löwe, combien
sont-ils les musiciens que le poème de Gœthe a
médusés ? Si tous n'ont pas réussi également,
tous ont bien mérité. *Le Roi des aulnes* de Reichardt est un comte populaire, celui de Tomascheck a du pathétique, mais peu de couleur.
Quant à Lowe, sa transcription vient tout de
suite après l'œuvre de Schubert ; quelques-uns
même la placent à côté. Impossible pourtant de
méconnaître l'influence du maître, surtout dans
le début et vers la fin. Je n'ignore pas quelle
critique on pourrait faire à Schubert ; ce *cantabile*, par exemple, trop phrasé, trop *amoroso*
qu'il prête au principal personnage, donnant
à son roi des aulnes des attitudes de ténor italien. Chez Löwe, le crépuscule du surnaturel
s'étend partout ; le spectre passe dans son
nuage : un souffle de voix, mystérieux, un chu-
chotement et c'en est assez : *das Kind ist todt.*
Quoi qu'il en soit, l'œuvre de Schubert survit
et survivra, car si telle autre pleine de talent
offre un attrait à nos curiosités d'artiste, elle
seule, jaillie de source, nous entraîne par cette
force primordiale et tumultueuse du génie dont
vous sentez battre les pulsations dans chaque
note. Il ne lui suffit point d'avoir des accents

pour les plus subtiles perceptions de l'âme, il
faut encore qu'il en trouve pour les plus simples
accidents de la vie. Un jour que Schumann
jouait avec un de ses amis une marche à quatre
mains de Schubert, ils imaginèrent d'en improviser le programme au hasard de leur pensée,
et il se trouva que, sans s'être donné le mot,
tous les deux se virent transportés sur une place
de Séville au moyen-âge, hidalgos, senoras et
manolas leur faisant fête. Le docteur Ambros
rapporte un cas identique observé pendant l'exécution d'un arrangement à quatre mains.
« Comme nous touchions aux termes des variations auxquelles sert de thème le lied de *la
Jeune Fille et la Mort :* Ne vois-tu rien ? m'écriai-
je en jouant les douze mesures du *pianissimo*
qui précède la fin. Moi, j'aperçois à l'horizon,
mais loin, bien loin, tout là-bas, un léger nuage;
il grandit, il s'éclaire de lueurs roses et dans ce
brouillard, sais-tu ce que je distingue ? — Attends, poursuivit à voix basse mon ami, toujours sur le *pianissimo*, je vais te le dire, car
moi aussi j'aperçois, c'est la mort emportant
l'âme de la jeune fille. »

Schubert a de ces intuitions qui vous saisis-
sent. Entendez tel de ses quatuors, et je vous dé-

fie de ne pas éprouver au début ce bien-être qui
nous réjouit l'âme en automne, lorsque nous
sommes devant un bon feu et que la bise et la
pluie au dehors fouettent les vitres. Autre part,
si vous désirez avoir une impression de Venise,
sa *Promenade en gondole* (un chœur avec accompagnement de piano) vous la fournira, et notez
que je ne fais point simplement allusion à la
Venise des chanteurs de cascatelles et des gui-
taristes ; je parle de la cité même des lagunes,
du Rialto, des Procuraties et de la cathédrale
de Saint-Marc, dont une étonnante combinaison d'accords va nous traduire au piano les
sonneries avec une précision téléphonique imitant jusqu'à la réalité le terrible carillon que
les géants d'airain de la *Merceria* balancent à
chaque heure sur la cité. Ajouterai-je queSchu-
bert n'avait jamais mis le pied à Venise? le
détail serait inutile. Delacroix lui non plus n'a-
vait pas vu Venise, ce qui ne l'empêcha point de
revivre l'œuvre du Tintoret. Ailleurs, dans la
plainte de Marguerite, le pittoresque de l'accompagnement décuplera, centuplera l'inten-
sité du sentiment psychologique et le rythme
obstiné du rouet symbolisera les battements du
cœur de la jeune fille.

Et cette cloche implacable dans *la Religieuse!*
partout présente, imperturbable et si diverse
en vibrations ; stridente, obsédante, ironique et
narquoise avec son éclat argentin, sonnant la
vie et la mort, le bal et le cloître, le repentir et
la révolte, la damnation et l'apaisement, cette
cloche céleste, diabolique, humaine surtout,
comment la caractériser? C'est ici que le mot
d'Alfred de Musset me revient et que j'appelle
Diderot à mon aide.

III

La conception de Schubert se rapporte, en
effet, au roman de Diderot comme son *Roi des
aulnes*, sa *Marguerite au rouet*, le cycle des
chants du voyageur se rapportent aux poèmes
de Gœthe et de Wilhelm Müller, qui les ont
inspirés. Constatons néanmoins une différence :
le musicien, cette fois, quitte le mot à mot, il
cesse de traduire, il paraphrase et généralise.
La religieuse de Diderot est *une* religieuse,
celle de Schubert est *la* religieuse. La plupart
des romans de Diderot sont des anecdotes de
la vie du monde qu'il tourne en plaidoyers de

morale et de philosophie courantes, souvent
même sans prendre la peine de déguiser les
noms. Il se peut que la donnée de *la Religieuse*
soit un fait, il se peut aussi qu'il n'y ait là
qu'une fiction servant de texte et de prétexte à
la thèse d'un écrivain ; dans l'un et l'autre cas,
la chose est à considérer. Que le lecteur me
permette donc de rapprocher pour un moment
l'œuvre de l'écrivain de l'œuvre du musicien, je
le demande non pas simplement parce que ces
sortes de curiosités m'ont toujours, on le sait,
beaucoup séduit, mais parce qu'il s'agit de
prouver que, dans cette lutte du musicien et du
philosophe, celui des deux qui a pénétré le plus
à fond la vérité philosophique du sujet, c'est le
musicien.

On a beaucoup raisonné, beaucoup parlé de
Diderot dans ces derniers temps ; sa vitalité
ressemble presque à celle de Voltaire, n'a-t-il
pas, lui aussi, des ennemis ? Aimons-le donc,
non pour ses principes philosophiques démo-
dés et sa larmoyante dramaturgie sociale, non
pour telle ou telle de ses œuvres, mais pour
l'ensemble de son œuvre, pour ses dialogues,
ses paradoxes, ses vues, ses clartés, ses *fulgu-
rations* sur toutes choses, son essor constant

vers les idées (même quand ce n'étaient que des
fragments d'idées) son instinct, sa pénétration
du beau dans l'art et ces flamboyants jets de
lumière et de fumée que les volcans ont seuls.
Diderot n'a jamais rien produit de durable,
rien apporté à la science ; il n'a fait ni l'*Esprit
des lois*, ni l'*Essai sur les mœurs ;* on lui reproche
de n'être ni Montesquieu ni Voltaire ; lecture
de lettrés ! s'écrient les puristes, soit ! Enfer-
mons-le dans les bibliothèques ; mieux vaut, je
le sais, vivre au fond des cœurs ; mais les bibliothèques ! n'y loge pas qui veut ; et c'est
encore un pis-aller fort acceptable que d'attendre là comme Diderot que les esprits amoureux
de la verve, de l'inspiration et de la couleur dans
le style, les lettrés et les mandarins viennent
vous y chercher. « Diderot est Diderot, écrivait
Gœthe à Zelter, et son influence n'est pas près
de s'éteindre. » Pensons à George Sand qui
lui doit tant ; par lui, bien autrement que par
Rousseau qui n'a ni son entrain familier, ni sa
belle humeur, ni sa tolérance, ni ses mirages,
par Diderot fut enjôlée au style toute une génération de romanciers, d'esthéticiens, d'hommes
de théâtre et de feuilletonistes. Est-ce donc là
n'avoir eu qu'une influence relative et les simples

discoureurs et philosophes de salon agissent-ils de la sorte à distance? J'ai nommé George Sand, j'en pourrais également citer d'autres. Rappelez-vous *la Visite de noces*, cet exquis petit acte caché au fond du roman de *Madame de la Pommeraye*, comme il était blotti sous ces deux vers de La Fontaine, que bien des gens ignorent et Dumas fils peut-être tout le premier .

Ménélas découvrit des charmes dans Hélène,
Qu'avant qu'être à Pâris la belle n'avait pas.

Que, socialement parlant, l'action de Diderot représente assez peu de chose, je n'en disconviens pas; le philosophe à peine compte, mais en revanche l'homme de lettres est un titan, disons aussi le virtuose, puisque nous sommes sur un chapitre de variations et de fantaisies. Parcourons le roman.

La forme du récit offre tout d'abord à l'auteur ses coudées franches ; avantage que Diderot ne perd jamais de vue. Il s'agit d'un manuscrit contenant l'histoire de sœur Suzanne et que la religieuse échappée du cloître communique à son protecteur, le marquis de Croismare. Un intérieur de famille bourgeoise ruinée, le cou-

vent de Sainte-Marie, l'abbaye de Longchamps
et le cloître de Sainte-Eutrope à Arpajon, tels
sont les tableaux qui nous passent sous les yeux :
petit monde, mais étudié dans ses recoins les
plus secrets, le tableau de genre et le tableau
d'église, le parloir avec ses commérages et ses
intrigues, la cellule aux hallucinations noctur-
nes, près de la chapelle à l'autel flamboyant de
cierges et chargé de fleurs, la prise de voile, et
Longchamps avec ses cantiques si recherchés
des belles dames coureuses de rendez-vous ga-
lants, *la Tentation de saint Antoine* et *Vert-Vert*,
Breughel et Watteau ; bref, le pathétique, le
ridicule, le joli, le charmant et l'odieux de cet
incomparable « tout Paris » du rococo. Le cloître en contact incessant avec le siècle, en réper-
cutant les échos, suant l'ambre et le musc par
ses murailles saturées d'encens, et nonobstant
toujours le cloître. La cruauté s'y mêle aux con-
voitises ; toutes ces mignonnes créatures se haïs-
sent et n'ont entre elles de commun que leur
impatience de l'horrible tyrannie qui les op-
prime. Comment s'affranchir de ce joug ? d'où
leur viendra la délivrance ? L'une va s'enivrant
de mysticisme ; l'autre, silencieuse, pensive à
l'écart, se déprave.

La passion ne joue aucun rôle dans le roman
de Diderot ; sa religieuse n'aime personne ; à
peine peut-on dire que ce soit le goût du monde
qui l'entraîne, puisqu'elle n'ignore pas que le
couvent est son seul asile et que, sortie de ses
murs, elle n'aura que la persécution et l'infortune en perspective. N'importe, une indomptable furie de liberté la possède ; l'idée d'être enfermée à jamais emplit son âme de désespoir et
la vie du cloître lui est plus dure que la mort.
Sa conduite pourtant n'en souffre point. Fidèle
au souvenir et à l'exemple de son ancienne supérieure, elle accomplit tous ses devoirs et les
transports de sa douleur passent dans les
épanchements de ses prières. Nature douce,
simple, innocente et fervente, que les nonnes
ses sœurs chérissent et vénèrent après l'avoir
férocement persécutée et qui s'enlève sur ce
fond trouble et vicié presque aussi blanche et
lumineuse qu'une héroïne de légende. La figure
est originale ; on doutera pourtant qu'elle soit
vraie. Comment s'expliquer cette folie de liberté
chez une jeune fille placée au couvent dès la
seizième année, n'ayant depuis fréquenté que
des religieuses et des prêtres, et dont l'amour-
propre trouve d'ailleurs maintes satisfactions

capables de la retenir? Car c'est une cantatrice
de haut vol que sœur Suzanne, l'orgueil de la
communauté dans les concerts célèbres de
Longchamps, où sa belle voix fait des merveilles (1) ; évidemment l'abstraction philosophique
supplante ici « le document humain. » Souvenir
vivant d'une faute pour sa mère, et pour son

1. « La scène du reposoir fit du bruit dans la maison,
ajoutez à cela le succès de nos Ténèbres du vendredi-
saint : je chantai, je touchai de l'orgue, je fus applau-
die. » Autre part : « Je me mis au clavecin, je préludai
longtemps cherchant un morceau de musique dans la
tête que j'en ai pleine. Cependant la supérieure me pressa,
et je chantai sans y entendre finesse, par habitude, parce
que le morceau m'était familier : *Tristes apprêts, pâles
flambeaux, jour plus affreux que les ténèbres.* » Plus
loin, enfin, et comme gai contraste : « Tandis que l'on
riait, je faisais des accords: peu à peu j'attirai l'attention.
La supérieure vint à moi et me frappant un petit coup
sur l'épaule : « Allons, Sainte-Suzanne, me dit-elle,
amuse-nous, joue d'abord et puis tu chanteras. » Je fis ce
qu'elle me disait, j'exécutai quelques pièces que j'avais
dans les doigts; je préludai de fantaisie; et puis je chantai quelques versets des psaumes de Mondonville. » Nous
insistons à plaisir sur ce côté virtuose du caractère qui,
dès l'origine, nous semble dénoncer la sœur Sainte-
Suzanne à toutes les attentions et prédilections d'un musicien de l'avenir.

père objet d'une instinctive répulsion, la pauvre Suzanne a grandi chez ses parents plus
maltraitée que Cendrillon. Ses sœurs se marient
et, tandis qu'elles se partagent leur dot, la mère,
tourmentée de remords, se refuse à laisser l'enfant illégitime toucher au bien de la famille et,
pièce par pièce, elle amasse sur ses économies
la somme nécessaire pour mettre Suzanne au
couvent. Toute cette partie du livre est d'un vif
intérêt et nous montre, admirablement peint à
la Diderot, le tableau de nos erreurs se combi-
nant avec nos destinées. On incline presque
malgré soi du côté de la mère, on sent qu'elle
raisonne juste et que Suzanne, étant données
les circonstances de sa naissance et de son éducation, Suzanne, élevée au sein du bien-être, à
la fois belle et pauvre, impropre aux vulgaires
travaux, ne saurait, selon la logique des hommes, vivre dans le monde sans y encourir les
plus grands périls et sans y succomber.

Au cloître donc, jeune fille, allez au cloître :
Go to a nunnery. Et ce mot, ce n'est pas seulement la mère et l'époux de la mère qui le pro-
noncent, ce n'est pas seulement son directeur
de conscience et la supérieure de Longchamps,
c'est nous tous qui lisons cette histoire, car

c'est le mot de la situation, et la malheureuse
enfant n'a point d'autre refuge. Voilà qui semblerait devoir atténuer l'horrible répulsion que
le couvent inspire à Suzanne, si le sentiment
en question n'appartenait pas beaucoup plus
au philosophe Diderot qu'à la jeune fille. Que
Suzanne ait un amour au cœur, que sa révolte
ait pour mobile une passion contrariée, adieu
l'idée morale de l'auteur, dont la thèse est de
nous démontrer l'incompatibilité de son héroïne
avec les conditions de la vie monastique ! Mais
à supposer que Suzanne soit une abstraction
les supérieures sont des caractères achevés, et
il n'y en a pas moins de cinq que nous voyons
se succéder tour à tour : la première, une hy-
pocrite ; la deuxième, une agitée ; la troisième,
despotique et cruelle ; la quatrième, perdue de
mœurs et la cinquième de superstition. Examinez ces diverses figures tracées de génie et
d'une main impartiale; la deuxième, par exemple, où l'on croirait surprendre la silhouette
d'une Mme Guyon. L'ardeur de son mysticisme,
le flot de son discours attire, séduit, enveloppe
Suzanne, qui se laisse aller à prononcer ses
vœux dans un moment d'exaltation dévote
regretté bientôt, sous l'atroce gouvernement de

la nouvelle supérieure, celle-ci d'un naturel en absolue contradiction avec le sien. Que l'on se représente une personne de forte allure, au visage mauvais, impitoyable à quiconque ne fléchit pas le genou devant elle, prompte à tous les fanatismes et pouvant servir d'*illustration* à cette abominable parole que le spectacle des damnés et de leurs supplices dans l'enfer sera pour les bienheureux dans le ciel un surcroît de béatitude. A l'avènement de la quatrième supérieure se sont relâchés tous les liens d'ordre et d'honnêteté ; la communauté d'Arpajon est devenue une abbaye de Thélème, où règnent la joie et l'abondance, où chacune se fait un devoir de caresser les péchés mignons et les jolis vices de la trop aimable dame guillerette, grassouillette, qui trottant, minaudant, clignant de l'œil d'ici, de là, préside aux destinées de la maison. Tout cela, très réel en somme et très vivant, ne va point cependant sans un peu de symbolisme. C'est la vie du cloître que l'auteur entend nous montrer, et si quelque lumière y brille par places, il ressort de la nature même du sujet que la teinte sombre prédomine :
« L'homme, écrit Diderot empruntant la plume de la sœur Suzanne, l'homme est né pour la

société, séparez-le, isolez-le, ses idées se désuniront, son caractère se tournera, mille affections ridicules s'élèveront dans son cœur; des pensées extravagantes germeront dans son esprit, comme les ronces dans une terre sauvage. Placez un homme dans une forêt, il y deviendra féroce; dans un cloître où l'idée de nécessité se joint à celle de servitude, c'est pis encore. On sort d'une forêt, on ne sort pas d'un cloître; on est libre dans la forêt, on est esclave dans le cloître. Il faut peut-être plus de force d'âme encore pour résister à la solitude qu'à la misère; la misère avilit, la retraite déprave. » Quoi de plus effrayant que cette supérieure tombant aux pieds du confesseur et s'écriant : « Je suis damnée! » La scène est superbe et par le solennel touche au plus haut tragique. « Au milieu de ces entretiens où chacune cherchait à se faire valoir et à fixer la préférence de l'homme saint, on entendit arriver quelqu'un à pas lents, s'arrêter par intervalles et pousser des soupirs; on écouta, l'on dit à voix basse : « C'est elle, c'est notre supérieure »; ensuite l'on se tut et l'on s'assit en rond. Ce l'était en effet. Elle entra; son voile lui tombait jusqu'à la ceinture; ses bras croisés sur sa poitrine et

sa tête penchée. Je fus la première qu'elle aperçut ; à l'instant, elle dégagea de dessous son
voile une de ses mains dont elle se couvrit les
yeux, et se détournant un peu de côté, de l'autre
main elle nous fit signe à toutes de sortir ;
nous sortîmes en silence et elle demeura seule
avec dom Morel... Le premier mot que j'en-
tendis après un assez long silence, me fit fré-
mir, ce fut : « Mon père, je suis damnée ! »
Mais que tout cela est donc musical, et quel
parti le musicien va tirer à son tour de ce
texte ! « Gluck ne puis, Schubert suis. » Aucun
détail ne lui échappera et c'est dans la contexture même du drame vocal et de l'accompagnement que vous saisirez au passage chaque in-
tention du romancier : « Mon âme s'allume
facilement, s'exalte, se touche... Mais qu'est-ce
que cela signifie quand la vocation n'y est
pas ? » Ce sentiment, manifesté dès le début,
vous poursuit tout le temps comme un mauvais
rêve. Il y a plus : vous assistez aux principales
scènes, des lambeaux de dialogue vous reviennent à l'esprit et, lorsque les deux artistes ces-
sent d'être d'accord, que chez eux le point de
vue change, vous vous déclarez pour Diderot
ou pour Schubert, selon la circonstance.

« Le vrai sacrilège, madame, c'est moi qui le commets tous les jours en profanant par le mépris les habits sacrés que je porte : ôtez-les-moi, j'en suis indigne. Faites chercher dans le village les haillons de la paysanne la plus pauvre, et que la clôture me soit entr'ouverte.

« — Et où irez-vous pour être mieux ?

« — Je ne sais où j'irai, mais on n'est mal qu'où Dieu ne vous veut pas, et Dieu ne me veut pas ici...

« Nous descendîmes presque ensemble ; l'office s'acheva. A la fin de l'office, lorsque toutes les sœurs étaient sur le point de se séparer, elle frappa sur son bréviaire et les arrêta :

« — Mes sœurs, leur dit-elle, je vous invite à vous jeter au pied des autels et à implorer la miséricorde de Dieu sur une religieuse qu'il a abandonnée.

« Je ne saurais vous peindre la surprise générale ; en un clin d'œil, chacune sans se remuer eut parcouru le visage de ses compagnes, cherchant à démêler la coupable à son embarras. Toutes se prosternèrent et prièrent en silence. Au bout d'un espace de temps assez considérable, la prieure entonna à voix basse le *Veni Crea-*

tor, puis, après un second silence, la prieure frappa sur son pupitre, et l'on sortit. »

Chez la nonne de Diderot, la soumission n'est jamais que contrainte et forcée, sa révolte ne désarme un instant que pour reprendre de plus belle et jusqu'à ce qu'elle triomphe; chez la religieuse de Schubert, la résignation après l'orage est-elle bien définitive? Le roman se termine par la confession tragique. de la supérieure ; tout le reste n'est plus qu'un épilogue ; mais si accidenté, si espacé que soit le récit, . Diderot ne quitte jamais des yeux son héroïne ; sœur Suzanne forme le centre du tableau et la sympathique jeune fille fait vivre de sa destinée les divers cloîtres qu'elle traverse. Aussi l'attrait ne fléchit point; on ne regrette ni la monotonie du fond, ni son obscurité lugubre, tant les figures de premier plan vous intéressent et, par-dessus toutes les autres, celle de Suzanne Simonin. Que le lecteur nous pardonne donc d'être entré dans cette analyse, indispensable pour se bien rendre compte de la conception de Schubert. Car il n'y a rien dans le roman qui ne soit dans la musique, et la musique contient, en outre, un élément capital dont le philosophe s'est privé de gaîté de cœur pour les seuls beaux

yeux de sa thèse. Diderot n'a fondé l'insurmontable aversion de sa religieuse pour son état, ni
sur l'amour, ni sur l'incrédulité, ni sur le goût
de la dissipation. Si elle hait le couvent, c'est
parce qu'il répugne à sa raison ; la nonne de
Schubert, au contraire, maudit le cloître, parce
qu'une passion le lui rend odieux ; l'amour absent de chez l'une éclate chez l'autre avec toutes
ses flammes ; Schubert a, comme Diderot, les
deux qualités maîtresses du conteur : l'invention et la caractéristique.

Le point de jonction de la poésie et de la musique est dans l'évocation des sentiments. Que
Diderot frappe la note sur son clavier philosophique et qu'un Schubert la recueille, son art
vous fera percevoir les mêmes émotions tout
comme il vous ouvrira les mêmes perspectives.
Aussi, n'en déplaise à son titre, *la Religieuse*
n'est-elle pas simplement une ballade ? C'est bel
et bien un oratorio romantique *in nuce*. Le drame, cette fois, n'a qu'un personnage, mais dont
l'âme est un foyer de résonance où viennent se
répercuter toutes les voix du cloître : plaintes,
prières, angoisses, gémissements, cris de révolte
et de blasphème. Quel désordre dans cette conscience ! que de sous-entendus dans son explo-

sion ! L'insurmontable ennui de la réclusion,
les troubles et l'épouvante du confessionnal et,
planant au-dessus de tout, mêlée à tout, l'horrible pensée du renoncement forcé, la Vénus
païenne attachée à sa proie et la dévorant. Misérable victime, quel refuge sera le sien ? L'espoir en Dieu. Après tant de sanglots, de soupirs, de regrets passionnés, d'éplorations brû-
lantes et navrantes, écoutez sur la dernière mesure cet *Alleluia* : la chapelle ouvre sa profon-
deuré blouissante du flamboiement des cierges,
les encensoirs fument, l'orgue prélude, et tandis que le cantique divin qu'il accompagne
monte vers la nef, il semble qu'elle s'écarte pour
laisser les étoiles du ciel regarder dans cette
âme et se réjouir au spectacle de son apaisement.

Nous citions plus haut la terrible parole de
la prieure d'Arpajon : « Je suis damnée ! » La
nonne de Schubert, non moins tragique, se rési-
gne. Nous venons d'assister aux suprêmes dé-
chirements ; le monde, ni la jeunesse, ni l'amour
n'ont désormais plus rien pour elle ; que l'immolation s'accomplisse donc tout entière et ne
cherchons pas ce que l'*hosannah* de sa délivrance
peut contenir d'immense lassitude.

Beethoven a peint quelque part, mais alors
sans arrière-pensée anecdotique ou romanesque
et de la main d'un Michel-Ange, cette lutte des
passions : « Le destin frappe à votre porte. »
C'est le maître lui-même qui vous en avertit dès
l'andante, s'efforçant de l'attendrir par la voix
des flûtes : vaine imploration, le destin reste
sourd. Le jour tend à se montrer, à peine vous
le voyez poindre qu'un épais nuage se forme et
l'obscurcit. Les basses grondantes, menaçantes,
se déclarent et s'insurgent comme des esprits
ténébreux contre la lumière promise au loin
dans l'andante. Des plaintes douloureuses tra-
versent l'air, des rires stridents, des bacchana-
les ramènent les premiers motifs amendés, tra-
vestis : à la place des effets de cordes en pleine
résonnance, les sourds *pizzicati ;* à la place du cor
éclatant, le hautbois anémique ; nous atteignons
ainsi le point le plus sombre ; de la lumière ou
des ténèbres, qui triomphera? La lumière. Les
basses succombent n'en pouvant plus, la tim-
bale accuse et prolonge son roulement, les violons se réveillent enfin, poussant le thème de
plus haut, jusqu'à ce crescendo des huit dernières mesures où, subitement, le voile se déchire ;
la nuit bat en retraite ; avec le ton d'*ut* ~~mineur~~

triomphant, un océan de clarté fait irruption et nous inonde ; à peine un souvenir survit-il en nous du combat qui vient de se livrer, et quand les accords de la fin ont cessé, nous éprouvons au fond de l'être un mouvement d'orgueil humain et je ne sais quelle édification salutaire du sens moral.

Gardons-nous bien pourtant de rien vouloir trop affirmer, la musique étant aux yeux d'un certain monde une science exacte comme les mathématiques, et comme telle, ne pouvant exprimer autre chose que des sons. « Fantaisie mirages et jeu d'esprit, s'écrieront les théoriciens et les physiologistes. Voir dans une symphonie de Beethoven, dans un *lied* de Schubert ou de Schumann, toutes les idéalités que vous y voyez, c'est imiter ce personnage de Shakespeare qui découvrait plusieurs variétés de poissons et d'animaux dans un nuage. » La musique a son côté matériel, qui le conteste ? et cependant il faudra bien qu'on nous accorde qu'à l'exception de la poésie, elle est celui de tous les arts qui touche de plus près aux régions du pur esprit.

Dans l'architecture, le matériel employé s'impose à nous formellement sous les espèces de la

pierre, du marbre et du bois que l'esprit a re-
vêtus de son empreinte ; dans la statuaire, le
matériel tient déjà moins de place, et dans la
peinture il disparaît. Personne n'ignore de quels
éléments un tableau se compose, mais quand
vous êtes devant *la Jaconde* ou devant *la Madone
à la chaise*, vous oubliez généralement de vous
occuper de la toile et de la fabrication des couleurs. En musique, l'immatériel est d'abord ce
qui nous ravit et peu s'en faut qu'une science
si profondément compliquée et subtile nous
donne toutes les illusions de l'art contem-
platif et rêveur par excellence, du seul vraiment immatériel : la poésie. C'est que, pour
la musique, la période de formation est une
étape depuis longtemps parcourue. Avec Sébastien Bach, l'architecture ayant dit son dernier
mot, avec Haydn et Mozart l'ère psychologique
a commencé, après quoi Beethoven est venu
fonder le règne de l'esprit du raisonnement et
de la critique. Combien sont-ils, ou plutôt combien ne sont-ils pas les adeptes de ce nouveau
culte de la pensée extra-musicale ? Mendelssohn, Chopin, Schubert, Schumann, Berlioz,
Verdi (le Verdi de la Messe pour Manzoni). Je
renonce à les nommer tous. Nous avons vu, au

cours de cette étude, Zelter déclarer à Gœthe
qu'un motet de Palestrina lui donnait l'impression des grands horizons de la campagne romaine, et Zelter était un homme du passé, un
de ces parfaits bourgeois que les Allemands
traitent de philistins et sur qui les agitations
de la vie moderne n'ont point de prise; irons-
nous moins loin que ce contemporain de Winc-
kelmann, nous autres gens avisés du présent et
de l'avenir?

On nous reproche de rapporter à la musique
les impressions que nous en recevons; mais l'a-
mour, la douleur et la joie sont des sentiments
qu'un art doit pouvoir exprimer, et s'il convient
de ne point pousser trop avant la curiosité et
d'éviter de rechercher dans un texte ce que
l'auteur n'y a pas mis, encore faut-il se garder d'omettre volontairement ce qu'il y a mis.
Vous me dites que Beethoven est un grand musicien qui fait d'admirable musique et rien de
plus, et qu'en écrivant la symphonie en *ut mineur* il a tout simplement réalisé à sa manière
ce que les peintres appellent « un morceau de
peinture. » Soit, je me range à votre proposition et, revenant sur mon impression de tout à
l'heure décidément exagérée et *fantaisiste,* je

m'évertue à définir, selon les termes du métier
le « morceau de musique » : *Andante con moto*
à 3/8, thème chantant exécuté par le violon, le
violoncelle, basses en *pizzicati* sur les dernières
mesures ; reprise du thème par les instruments
à cordes, nouvelle phrase, etc., etc. Eh bien là,
franchement, croit-on qu'une appréciation de
ce style serait du goût de Beethoven ? Je réponds
non, et cent fois non. Autant vaudrait en présence de l'Apollon du Belvédère négliger
l'Olympien superbe et furieux, le dieu d'Homère
pour se livrer à des observations anatomiques
et constater qu'une de ses jambes est plus longue que l'autre. D'ailleurs, qui nous assure en
ce chapitre que Beethoven ne redoutait pas
d'être mécompris et que cette épigraphe mar-
ginale du fameux andante : « Le destin frappe
à la porte » n'était pas une précaution contre
les jugements du vulgaire en même temps qu'un
appel aux dialecticiens de l'avenir ? Beethoven
se propose un problème philosophique et le résout musicalement ; Schubert, selon son art et
son génie, traduit Diderot et fait tenir tout le
roman dans quelques pages. Il met en scène,
crée des variantes, colore, passionne, agrandit
le sujet à ce point que cette réduction est une

œuvre immense, quelque chose comme un oratorio sans orchestre, je dis bien un oratorio pour
voix de femme seule avec accompagnement de
piano.

· L'original en tout cela, c'est l'absolue indifférence de Schubert à l'endroit de son librettiste
lui d'ordinaire si scrupuleux observateur du
sens des paroles, il semble que son parti-pris
soit de les ignorer. N'ayant plus comme dans le
Roi des aulnes, la *Marguerite au rouet* ou la *Belle
Meunière*, à traduire des vers de poète, il
s'échappe du côté de son idéal. Qu'importent à
Schubert la foudre et les éclairs qui sillonnent
ce texte mal rimé ! son orage à lui n'est point
un orage quelconque : la pluie, les vents et les
nuages n'y ont que faire ; il se passe tout entier
dans l'âme de sa religieuse, non pas au naturel
mais au figuré, orage tout psychologique où les
éléments ne sont point mêlés. Schubert, je le
répète, a, comme Diderot, les deux qualités
maîtresses du conteur : l'invention et la caractéristique. Le cadre a beau n'être point grand,
il sait y concentrer les évènements et résumer
un volume en un seul personnage d'avant-scène.
Faudra-t-il maintenant n'admirer dans une pareille œuvre que le beau musical spécifique :

détails harmoniques et enharmoniques, accords conjoints et disjoints, rythmes, intervalles chromatiques? Eh bien! même en vous plaçant à ce seul point de vue technique, l'intérêt serait encore grand ; car les chefs-d'œuvre ont ce privilège de pouvoir être interrogés sous chacune de leurs faces. Mais soyez sans crainte, le beau matériel ne fera que venir en aide à l'idée et servir à sa gloire. Cet orage peint en mineur, ces reproductions ascendantes du même rythme de demi-ton en demi-ton, ces étonnantes recrudescences de sonorité finiront par avoir raison de votre entêtement. Vous penserez, vous rêverez malgré vous, et quand arrivera la note finale quand vous entendrez cet *Alleluia* se posant sur la *médiante* au lieu de s'établir définitivement et résolument sur la *tonique*, vous comprendrez ce que Schubert a voulu dire : rémission, non consolation :

Rapprocher, comparer, analyser, voilà notre adjectif moderne. N'a-t-on pas mille fois répété que notre époque était le royaume de la chimie ? L'enthousiasme à l'état de corps simple ne suffit plus: il nous le faut raisonné, critique et composite : sans doute, il y aura toujours des dilettantes pour courir les théâtres, les salles

de concert et les églises en s'écriant : l'immor-
tel Molière! le divin Mozart! le séraphique
Palestrina ! Mais leur influence ne prévaudra
plus. L'esprit qui nous gouverne aujourd'hui
est conférencier, il cherche à se rendre compte
sur tous les points, tend aux découvertes, fût-ce
au risque de s'aventurer un peu quelquefois.
Essentia beatitudinis in actu intellectus consistit :
il semble que ce mot d'un grand penseur du
moyen-âge soit de saison plus que jamais, et
nous l'invoquerions volontiers en terminant,
car, si la *Religieuse* de Diderot et *la Religieuse*
de Schubert, après comme devant, continueront
de vivre chacune de son côté, de sa vie propre,
il n'en demeure pas moins vrai que celui qui
trouvera le loisir de commenter les deux ouvrages l'un par l'autre et, qu'on me passe l'expression, de lire Diderot avec accompagnement de
Schubert, celui-ci n'aura pas perdu sa soirée.

V

WAGNERIANA

Une partition qui réussit dure vingt ans, et quand on ne la joue plus, il y a partout des bibliothèques et des archives nationales pour la remiser ; mais tous ces opéras, grands et petits, que le flot incessant de la production universelle apporte et remporte par milliers, que devient leur âme ? Où passe l'étincelle de vie ? Avez-vous jamais réfléchi à la somme énorme d'idées musicales qui, depuis des siècles, ont dû se perdre ainsi dans l'éternel humus des nécropoles ? Avisés comme le sont nos artistes d'aujourd'hui, je leur conseillerais d'aller par là aux découvertes ; qui nous assure même que le cas ne se soit pas déjà maintes fois présenté ? Ce que je sais, c'est qu'un de nos plus charmants petits maîtres en fait d'opéras comiques, ayant pour un temps fixé sa résidence à Naples, en revint avec des trésors.

« Entre ses mains, nous disait le vieil archi-
viste de l'endroit, nos paperasses ne chômaient
pas. Je le voyais compulsant et copiant du matin au soir, et je vous réponds qu'il ne s'est pas
gêné pour se tailler son habit d'arlequin dans
la défroque des Fioraventi, des Generali, des
Vaccaj, Pavesi et consorts. »

Rien que le matériel des bibliothèques four-
nirait un sujet d'études à qui voudrait s'occuper d'écrire une sérieuse histoire de l'opéra.
C'était rare autrefois à l'étranger qu'une partition ne restât pas en manuscrit, lorsque chez
nous les moindres ouvrages de Desaides ou de
Philidor obtenaient les honneurs de la gravure.
C'est que, longtemps, l'Italie et l'Allemagne ne
connurent que l'opéra de cour, destiné à se
localiser dans telle ou telle résidence princière,
dont il faisait le divertissement privilégié ; en
quoi le simple manuscrit pouvait suffire ; tandis que la France, toujours prompte à s'assi-
miler les œuvres du dehors pour les répandre
ensuite à l'état de produits nationaux, devait
naturellement avoir recours à des moyens d'exportation plus expéditifs. Ce génie de l'appro-
priation, caractère de notre race, ne laissa pas
de s'affirmer aussi dans cette circonstance.

L'opéra étant d'origine italienne, force nous fut
de nous recruter en Italie. Oui; mais retenez
bien ce point : si, dès 1647, nous tirons de Florence nos compositeurs et nos instrumentistes,
nous n'admettons pas que leur musique parle
une autre langue que la nôtre. La musique sera
de Lulli, mais le texte sera de Corneille ou de
Quinault. C'est sous le titre de *tragédie mise en
musique* que le Florentin sera venu ainsi fonder
l'opéra français, et, cette prédominance de
notre esprit, de notre goût, tous la subiront par
la suite, les Piccinni et les Sacchini, les Cherubini comme les Spontini, et jusqu'à Rossini
lui-même, qui, de séjour à Paris, pense en
français, écrit en français son *Guillaume Tell*.
Il faut donc que ce sentiment d'un art lyrique
national ait sa raison d'être, puisque la France
a, de tout temps, su l'imposer aux plus illustres
et que nous n'acceptons, nous, les Gluck, les
Cherubini et les Rossini, que sous bénéfice de
haute et patente naturalisation.

En ce qui regarde Rossini, peut-être aussi
faudrait-il admettre que son évolution eût
double sens. Il ne supportait pas de s'entendre
appeler : le musicien du congrès de Vérone; et
j'ai souvent pensé que bien des colères rentrées

avaient dû trouver à s'échapper de ce côté. Le
seul choix du sujet semble l'indiquer. S'improviser Français en donnant pour protagoniste,
à son œuvre de naturalisation, le héros de la
Suisse contre la tyrannie autrichienne, c'était
une revanche éclatante du rôle d'accompagna-
teur subalterne que le prince Metternich lui
avait fait jouer dans son intermède organisé
contre l'indépendance de l'Italie. Le génie a ses
secrets qu'il garde souvent même dans l'inconscience, et c'est aussi le devoir de la critique
de s'en enquérir.

J'avoue qu'à ce titre, le dernier ouvrage de
M. Riehl, un des maîtres les plus incontestés de
l'esthétique allemande, me réjouit le cœur. J'y
trouve à chaque instant le témoignage de notre
influence historique : « La guerre d'affranchis-
sement que l'Allemagne eut à livrer à l'Italie
ne compte pas moins de quatre phases : la première, de soumission pure et simple, s'incliner
comme Handel, ou, comme Bach, déserter les
sentiers de l'opéra. Dans la seconde, une sorte
d'opposition se déclare, embrassant à la fois
l'opéra italien et l'opéra français, Gluck et Mozart travaillant à germaniser l'un et l'autre,
mais sans que la lutte s'établisse encore sur le

terrain exclusivement national : Gluck a ses
principes d'esthétique, qu'il expose surtout
dans des préfaces, plaidant en français et en
italien la cause de l'Allemagne. La troisième
période nous montre l'antagonisme dans son
plein, Weber contre Rossini ; les classes culti-
vées pour le maître allemand, la masse du
public pour l'italien. La crise était ouverte,
mais on se tenait encore sur la défensive à cause
des prédilections toujours à demeure chez le
plus grand nombre. Il ne pouvait donc appartenir qu'à la quatrième phase de prendre l'offen-
sive. » On devine à quel mouvement l'auteur
ici fait allusion. Nous y reviendrons tout à
l'heure ; en attendant, continuons de suivre
M. Riehl et renvoyons à ses leçons ceux de nos
critiques qui se croient obligés d'être plus Allemands que les Allemands. Il lui en coûte
cependant un peu d'avoir à reconnaître notre
prise de possession dès le siècle de Louis XIV,
de nous voir, sous le règne suivant, accaparer
tantôt Gluck, tantôt Piccinni, et finalement,
sous la révolution et sous l'empire, nous retourner à la fois contre l'Italie et l'Allemagne
et les battre toutes les deux avec les opéras de
Cherubini, de Méhul, de Paër, de Spontini,

etc. Paris étant la capitale universelle, il deve-
nait tout naturel que là se confondissent les
trois styles nationaux en vogue et que le répertoire français, se substituant à l'italien,
envahît à son tour l'Europe. Ce fut pour le
génie de l'Allemagne une nouvelle ère de cap-
tivité ; après l'air de bravoure des Italiens, il
lui fallut endurer le branle-bas de nos orchestres, de notre mise en scène et de nos ballets,
influence qui se prolongea bien au delà de la
période de nos conquêtes de la révolution et de
l'empire. En littérature, l'Allemagne n'a point
de théâtre national. Son théâtre est un théâtre
esthétique, de même que sa musique est spécialement instrumentale et symphonique. Il n'y
a point ici à contredire, la musique est une
chose et l'opéra en est une autre ; or, l'opéra,
c'est la race romane. Comparez à cet endroit la
manière de sentir des divers peuples : l'Italien
et le Français, instinctifs, primesautiers ; l'Allemand, réfléchi, abstrait, compliqué nuageux
et théoricien ; le Français, prompt à la réalisation, au coup de main, partout le premier à
mettre en lumière, en pratique, l'idée en germe
dans le cours des temps. Étudions, au point de
vue de l'opéra, le commerce international, par-

courons les listes d'exportation et d'importa-
tion depuis un siècle et demi, c'est partout la
race romane qui domine. L'Italie et la France
couvrent de leurs opéras le sol de l'Allemagne,
qui leur livre en retour ses symphonies. On
raconte qu'au mois de décembre 1870, dans ce
Paris que les Allemands investissaient, une
société d'amis des arts n'hésita pas à célébrer
le centenaire de la naissance de Beethoven. J'i-
gnore si le fait est vrai ; mais, ce qui ne souffre
pas de doute, c'est que, à la même heure, nos
opéras de Boëldieu, d'Hérold et d'Auber se
jouaient sur toutes les scènes allemandes : symphonies d'une part, opéras de l'autre, les choses ne se sont jamais passées autrement, et,
contre ce libre échange traditionnel, Richard
Wagner ni sa cabale ne peuvent rien.

Quant à moi, je ne m'en explique que mieux
l'espèce d'antipathie nationale que nourrissent
à l'égard de l'opéra certains Allemands de
vieille roche, et leur satisfaction de voir le
genre s'en aller. Qui voudra se faire un idéal de
musique allemande pensera toujours au *Messie*
de Handel, à *la Passion* de Bach, aux symphonies de Beethoven. Dès que vous abordez le
théâtre se présentent les objections. Non pas,

certes, que les chefs-d'œuvre manquent ; mais
la nationalité de ces chefs-d'œuvre reste à démontrer. Nous savons tous par quels liens fameux le génie de Gluck se rattache à la France,
et nul n'oserait soutenir que le chef-d'œuvre
des chefs-d'œuvre, la partition de *Don Juan*,
soit de race purement germanique. *Don Juan*
est un opéra italien, plus Mozart, tandis que
Fidelio sera, par contraste, Beethoven, plus
l'opéra allemand. A proprement parler, l'opéra
allemand ne commence qu'à *Fidelio*, œuvre sublime, où l'esthétique prédomine, et dont le
Freischütz sera la contre-partie en tant qu'opéra
populaire.

Aux bienheureux jours du rococo et de l'ancien régime, comme c'étaient les cours qui
payaient les violons, elles agissaient à leur con-
venance. Rien de plus simple : on avait à sa
solde des maîtres de chapelle allemands pour
leur faire faire des opéras italiens. Une illustre perruque de l'époque, le savantasse Matthe-
son, disait, dans un de ses aphorismes tapa-
geurs, qu'il savait au besoin soutenir d'un coup
d'épée : « Les opéras, comprenez-moi bien, cela
ne regarde que les rois et les princes, et je dé-
fends aux bourgeois d'y venir fourrer leur nez.»

Un patronage humiliant régnait sur l'art et les
artistes : poète de la cour, peintre de la cour,
compositeur ordinaire de son altesse impériale,
royale, apostolique, ou grand-ducale, c'était
dans les mœurs, et même en des temps d'éman-
cipation comme les nôtres, ce mécénatisme n'a
point disparu. Le théâtre est resté presque ce
qu'il était au xviiie siècle : un divertissement
aristocratique vivant des largesses du souverain et dont un intendant règle le programme.
A Vienne, à Berlin, c'est la maison de l'empereur qui subventionne ; à Munich, les prodiga-
lités du roi Louis ne se comptent pas, au moins
celui-là peut-il dire qu'il en a pour son argent.
S'enfermer seul dans une salle vide et se faire
jouer pendant des heures le *Rheingold* et le
Parsifal :

Vacuo lætus sessor plausorque theatro,

absorber à l'écart en soi, tout seul, des trésors
d'harmonie qui suffiraient au bonheur de plusieurs multitudes; penser que cet orchestre,
ces chœurs, ces machinistes ne se meuvent que
pour vous, que vous êtes l'unique point de
mire, et que si, dans ce désert sonore que vous

emplissez de votre personne, un seul être humain osait apparaître, cet individu, fût-il le plus tendrement affectionné de vos chambellans, vous auriez le droit de le flanquer aux arrêts pour six semaines — plaisir de monarque et de demi-dieu, dernier terme où l'opéra de cour devait aboutir.

En Allemagne, le théâtre appartient au souverain ; il l'ouvre et le ferme à volonté, y reçoit qui bon lui semble et distribue les places selon l'étiquette. L'opéra est un présent du prince, une galanterie à son entourage ; il régale, et c'est aux frais du pays que cinq ou six cents élus goûtent ce plaisir de luxe. Ainsi les choses se passaient au temps de l'électeur de Saxe, Auguste III, du duc Charles de Wurtemberg, le protecteur de Jomelli. Non content d'avoir son théâtre privé, tout seigneur tenait à sa solde un compositeur de cour, dont les fonctions consistaient à lui servir bon an mal an la provision de musique sacrée et profane nécessaire à sa consommation personnelle. Ni le public ni la critique n'existaient alors ; rien de ces mouvements d'opinion qui font que, du sud au nord, voyagent les idées ; rien de ces ouragans de la discussion qui dispersent les miasmes d'un mauvais style en passe de s'éterniser dans certains coins. L'Allemagne d'aujourd'hui n'en est plus là, et cependant comment nier les restes de cet esprit de particularisme et d'intendance? Cette conception du théâtre de Bayreuth, par exemple, n'est-ce pas l'ancien opéra de cour qui ressuscite au profit d'un artiste, d'un seul artiste ? Le prince a disparu, mais nous avons gardé le souverain, qui s'appellera désormais Richard Wagner. Ici, comme à la cour, il n'y aura d'admis que les invités de son altesse.

Un genre ne saurait mentir à ses origines ; et l'opéra est de souche aristocratique, comme tout ce qui nous est venu de la renaissance. Quelques-uns essaient de lui faire un état civil démocratique en rattachant sa généalogie aux mystères du moyen-âge ; ils se trompent. L'opéra est sorti des allégories, des pastorales et des intermèdes de la renaissance; il a ses origines dans la mythologie antique et son public parmi les lettrés, les artistes et les grandes dames de l'hyperculture italienne. Forme savante et raffinée, l'opéra pénétrera dans le peuple par infiltration ; il n'en vient pas. Une langue idéale, qui seule suffirait pour témoigner de sa filiation, son chant bien, mieux

encore que le vers tragique des poètes, l'élève
au-dessus de la vie réelle ; ses personnages
empruntés à la fable sont, la plupart du temps,
ceux de Raphaël et de Michel-Ange, des gloires
nationales en quelque sorte ; et, par la suite,
quand il sentira le besoin de se moderniser,
c'est au poème de Tasse qu'il demandera ses
Renaud et ses Armide. L'antique avait pourtant, au point de vue musical, un avantage : il
offrait au compositeur des sujets connus
d'avance du public, des groupements faciles
pour ses chœurs et des personnages à revêtir
d'une individualité typique. Ajoutez à cela la
pompe du décor, des costumes et d'une mise
en scène rococo tout en harmonie avec l'art de
Gluck ; *Orphée*, *Iphigénie*, *Alceste*, l'antique avec
un œil de poudre. Son *Armide* me semble d'un
gluckisme moins déterminé et prêtant davantage aux remarques indiscrètes. Reprendre
Armide est, à notre Académie nationale, une
question en permanence ; les directeurs se la
passent de main en main et pas un n'arrive à
la résoudre. M. Perrin lui-même y perdit son
temps, ne sachant plus à quel style se vouer
pour la mise en scène : « A votre place, lui
disais-je, un jour que j'étais témoin de ses per-

plexités, je me lancerais en plein rococo sans reculer devant les tonnelets, casques, turbans, caftans et brodequins à paillettes d'or, tous les panaches, tous les falbalas, toute la turquerie du vieil arsenal. » Peut-être eût-ce été son avis, mais il hésita, pris de scrupules et craignant une fausse interprétation de la part du public.

Ce qu'il y a de certain, c'est que la mode des sujets antiques s'est prolongée fort au delà du règne de Gluck et qu'elle florissait encore chez nous au moment où Mozart créa son *Don Juan* inaugurant au théâtre l'ère du romantisme, que la symphonie de Beethoven allait fonder dans le domaine instrumental. Notons à ce propos que *Don Juan*, comme *les Noces de Figaro*, fut composé sur un texte italien, phénomène curieux en un chef-d'œuvre destiné à révolutionner la patrie allemande (1). C'est que l'Italie avait dès lors des poètes capables d'exercer une influence personnelle sur l'imagination des compositeurs, — ses Apostolo Zeno, ses Métastase, — les

1. Je remarque, en passant, que ce qui jusqu'alors avait manqué, c'était moins la personnalité de l'œuvre que sa *nationalité* : les opéras comiques de Mozart ressemblent aux opéras comiques de Cimarosa, *Joseph* et *les Deux Journées* tendent la main à *Fidelio*.

classiques, — et, pour nommer l'homme de
génie, ce da Ponte, qui, sautant de l'antique au
moderne, eut en présence d'un Mozart l'étonnante conception de *Don Juan*, un fond légendaire avec une action absolument réelle qui se
joue sur le devant de la scène, des hommes
remplaçant les héros et les demi-dieux. Cette
seule circonstance de lier partie avec un maître
librettiste italien était déjà un bénéfice, car, il
faut bien en convenir, l'Allemagne, sauf de
très rares exceptions, n'a jamais su fournir à
ses plus grands musiciens que d'assez piètres
canevas. Divers poèmes de Métastase ont survécu aux partitions de Hasse ; nombre de gens
ont oublié, chez nous, Lulli, qui se souviennent
des opéras de son librettiste Quinault ; mais
quels témoignages se pourraient produire en
faveur de la dramaturgie lyrique allemande
à cette époque ? Pour avoir un exemple à citer,
force est d'attendre le *Freischütz* et le théâtre de
Richard Wagner, que nous aborderons en son
lieu quand nous aurons vu (poème et musique)
se développer le mouvement issu de *Don Juan*.

En même temps que le motif légendaire,
l'histoire et la nouvelle vont désormais entrer
dans le drame lyrique, où bientôt la politique

et les conflits religieux feront irruption. Nous
appellerons cela, si vous voulez, l'opéra romantique, et ce vaste cadre contiendra tous les éléments pathétiques de la vie moderne mêlés aux
chroniques, aux fabliaux, aux mille et une confidences de la muse du réel et du fantastique.
On y verra figurer côte à côte le *Freischütz* et
Fidelio, *la Muette* et *Robert le Diable*, *la Dame
blanche*, *la Juive*, *les Huguenots* et *le Prophète*.

J'ai parlé d'un avènement de la politique et
des questions sociales dans l'opéra. Il est incontestable que *les Huguenots*, comme *le Prophète*,
sont à cet égard des œuvres caractéristiques,
où le pathos religieux et communiste, loin de
nuire à l'effet dramatique, y contribue, au contraire, pour une large part, surtout dans *les Huguenots*. L'antagonisme des catholiques et des
calvinistes, musicalement symbolisé, sert en
quelque sorte de basse fondamentale à l'épisode
romanesque des amours de Valentine et de
Raoul. Autant on en peut dire de *la Muette* et de
Guillaume Tell, qui ne sont pas davantage des
opéras politiques, bien qu'ils nous entretiennent
d'évènements se rapportant à la révolution de
juillet. Le nerf politique d'un drame n'est point
dans quelques scènes pittoresques d'insurrec-

tion, il est dans les conflits nationaux qui les
ont amenées et que représentent les divers personnages mis en action. Or, dans la *Muette*
comme dans *Guillaume Tell,* Masaniello et Fenella, Arnold et Mathilde sont des êtres d'imagination, et c'est seulement au second plan, et
pour servir de repoussoir à l'anecdote, que
l'histoire et la politique interviennent; musicalement, les choses ne sauraient se passer
autrement, d'où la nécessité pour le poète de
se subordonner au compositeur. Pour qu'un
opéra fût une œuvre harmonique et parfaite, il
faudrait que le texte littéraire et le texte musical eussent même valeur, ce qui n'est jamais
arrivé qu'au pire sens du mot, — quand l'un et
l'autre sont détestables. Deux facteurs étant
donnés pour un ouvrage, quelle sera leur situation respective? Point délicat et variable selon
le temps et le pays. A l'origine, c'est le poète
qui commande, son art ayant sur celui du musicien le privilège de la consécration. Cependant
la musique croît, se développe, et voilà bientôt
la partition devenue l'égale du poème. Métastase en Italie, Quinault en France, représentent
cette période où les librettistes inscrivaient leur
nom dans l'histoire. Si Quinault a survécu aux

sarcasmes dont Boileau poursuivait ses tragé-
dies, c'est à ses opéras qu'il le doit. Mais voyez
le contraste ; tandis qu'en Italie, en France, le
progrès musical va s'affirmant par la littérature, en Allemagne, il s'arrête court, faute
d'un auxiliaire qui lui vienne de ce côté. Les
opéras de Gluck, qu'il a composés sur des paroles italiennes ou françaises, sont restés debout; ceux qu'il écrivit sur un texte allemand,
— les *Pèlerins de La Mecque*, par exemple, — ont
cessé de compter.

Il semble, en effet, qu'en Allemagne, à mesure
que le génie musical s'élève, la dramaturgie
lyrique s'abaisse en proportion. Phénomène
assurément fort étrange quand on songe qu'aux
mêmes temps où il y avait des Weber et des
Beethoven, il y avait aussi des Gœthe et des
Schiller. Oui, certes ; mais les uns et les autres
travaillent à part, presque sans se connaître.
Lorsqu'un poète tient un chef-d'œuvre, généralement il le garde pour lui, et ce n'est que chez
nous qu'on a pu voir, une fois seulement, dans
Eugène Scribe, un librettiste faire époque.
Moins heureux que nos Auber, nos Boïeldieu et
nos Halévy, les musiciens allemands eurent à lutter contre les textes inénarrables. Nous connais-

sons *Fidelio* et le *Freischütz* parce que la beauté
de ces partitions s'imposerait à travers tout,
et que d'ailleurs, si c'est encore là deux mau-
vaises pièces, l'une a pour elle son pathétique
et l'autre son pittoresque; mais que d'opéras
coulés à fond par leur poème : la *Jessonda* de
Spohr, le répertoire tout entier de Marschner!
Weber lui-même a cruellement souffert du
contretemps, et son *Euryanthe* y eût succombé
sans la prodigieuse somme de vitalité qu'elle
enferme : la musique d'*Euryanthe* avait en elle
de quoi triompher du plus absurde des poèmes.
Le véritable opéra de l'avenir fut celui-là; vous
y êtes comme sur une hauteur d'où vous con-
templez tout ce qui s'agite dans la plaine; pas
un seul sentiment ne se trouve là que l'opéra
moderne, — héroïque, romantique ou mythique, — n'ait depuis fait passer dans toutes les
modulations. Sans *Euryanthe,* ni *Tannhauser,*
ni *Lohengrin* n'eussent existé.

L'opéra étant une œuvre collective, il faut
s'attendre à ce que le musicien n'ait jamais que
les restes du festin. Plus le poète sera grand,
moins il se livrera. Gœthe n'a su donner en ce
genre que des niaiseries, et Victor Hugo nous a
montré dans *Esmeralda* jusqu'où le génie pou-

vait descendre en voulant condescendre. Ce
qui convient le mieux à ce métier, c'est un poète
auquel il manque quelque chose pour être un
vrai poète, ce que nous appelons un homme de
théâtre : Scribe fut le phénix, mais probablement ce miracle ne se reproduira plus ; restait
une combinaison, celle que Wagner a tentée.

En principe, la chose serait toute naturelle,
bien que déjà le mot seul de composition implique l'idée d'une collaboration du poète avec
le musicien, et pourtant, rien de plus dissem-
blable que ces deux arts dont l'un emprunte sa
forme à la pensée, tandis que dans l'autre, c'est
de la forme et de la symétrie que dépend la pensée ; ce qui fait que l'architecture musicale par
excellence sera la symphonie et que plus une
musique serrera de près la parole, moins cette
musique sera musicale. A ce compte, les meil-
leurs textes seront ceux qui contiendront le
moins d'idées et dont le compositeur pourra
faire ce qu'il voudra : *Kyrie elcison*, *Alleluia*,
Amen. L'aventure de Richard Wagner eût-elle
cent fois réussi que son succès ne prouverait
rien, car Wagner est une exception, et ce ne sont
pas les exceptions qui jugent de pareils pro-
blèmes. D'ailleurs, chez lui le poète reste trop

inférieur pour qu'on en parle : « Dresser un
scenario ne suffit pas, encore faudrait-il savoir
l'écrire, » a dit un fin connaisseur de son pays,
M. Louis Ehlert. La vérité est que ses rimes
sont aussi ridicules que celles de Scribe, qui du
moins, rachetait la pauvreté de sa littérature
par la diversité de ses inventions, alors que
Wagner s'est contenté, lui, d'inventer, quoi?
Le mythe, autrement dit, la forme la plus anti-
dramatique qu'il y ait. Des dieux et des demi-
dieux, jamais des hommes, un répertoire qui
se joue dans le crépuscule des Walhallas,
un continuel déficit dans la situation et les
caractères, des personnages qui se commentent
au lieu d'agir. A un art qui n'individualise
jamais, et qui, en revanche, toujours stylise, la
technique des âges primitifs devait sourire, et
nous voilà du coup retournés à l'opéra mytho-
logique : des héroïdes pour sujets, et pour
moyen unique d'expression, le dialogue et le
récitatif pur et simple. Mais le récitatif est une
chose toute rudimentaire, une chose inorgani-
que, n'ayant de la vie musicale que certains éléments ; il lui manque le rythme et la mélodie,
il se contente de déclamer.

C'est, je le répète, le primitif et le préhisto-

rique. Des siècles avant qu'il fût question de
l'opéra, les Grecs ont connu le récitatif, et après
eux les religieux du moyen-âge, dans leurs an-
tiphonaires et leurs litanies. L'ennui qui s'en
exhale était déjà proverbial au temps de Lulli ;
Gluck lui-même ne l'emploie qu'en le coupant
avec des ariosos qui tempèrent sa monotonie.
Car, tout réformateur qu'il soit, l'auteur d'*Orphée* et d'*Armide* ne perd jamais de vue les conditions architecturales ; il sait que la musique
vit de proportions, de symétrie et de rappels,
qu'elle est, dans la plus large acception du terme, un rondo perpétuel. et qu'une mélodie sans
temps d'arrêt, une « mélodie continue, » n'est
pas une mélodie.

L'heure n'est peut-être pas éloignée où l'on
verra que nous avons eu tort de changer tout cela. Les artistes comme le public d'autrefois n'y
mettaient point tant de *byzantinisme*, ils chan-
taient tout ce qui était chantable et parlaient le
reste. Car il faudra tôt ou tard qu'on le recon-
naisse : l'opéra est un genre qui exige une certaine naïveté esthétique, aussi bien de la part
de celui qui compose que chez ceux qui écou-
tent, et c'est sans doute la raison pour laquelle
Mozart, le plus grand de tous, est un naïf-

Richard Wagner n'entend pas de cette oreille-là ;
la symétrie l'offusque et l'irrite, tout parallé-
lisme l'exaspère, il proscrit les répétitions de
mots, condamne la période et ne s'aperçoit pas
que c'est la strophe qui soutient le texte musical et que le dialogue illimité est la négation
absolue de la musique. Répéter les mots, voyez
un peu le beau scandale ; mais ce péché, dont à
l'époque de Bach et de Handel, on tirait gloire,
qui ne l'a commis, depuis Rameau et Gluck jusqu'à Weber, Rossini, Auber et Meyerbeer ? et
lui-même, Richard Wagner réussit-il à l'éviter ?
Pas le moins du monde, il s'y prend simplement
d'une autre manière ; il ne répète pas le mot,
mais il tourne et retourne l'idée en variantes
inépuisables ; il ressasse et rabâche au plus
grand déplaisir du spectateur, qui se fâche à la
fin d'entendre toujours la même idée lui revenir sous d'autres mots : car, du diable si les
évènements en vont plus vite ! poète et musicien piétinent sur place, voilà tout.

Nous savons tous qu'aujourd'hui les opinions
poussent à l'extrême et que, dans l'art comme
dans la politique, il n'y a que radicalisme et in-
transigeance. Néanmoins, en présence de ces
conflits obstinés entre la nouvelle poétique dra-

matique et les lois organiques de la science
musicale, nombre de bons esprits commencent
à s'inquiéter des prochaines destinées de l'opéra.
Sans aller aussi loin que M. Riehl, qui le tient
pour une forme décidément à bout de voie et le
relègue au magasin des vieilles lunes, encore
peut-on admettre que le centre de gravité se
déplace et que la symphonie prend le dessus·
N'oublions pas que notre siècle en musique est
le siècle de Beethoven, un grand tragique aussi,
celui-là le Shakespeare du genre, capable de
dramatiser le quatuor et la sonate, et néanmoins préférant la salle de concert au théâtre,
qu'il ne daigna aborder qu'une fois; histoire
d'avoir fait ses preuves. Et, dans cette dramaturgie que de degrés, de nuances ! tous les sous-
entendus du sentiment et de la vie intime, tout
ce qui se dit en confidence ou se chuchote, for-
mera son petit répertoire. Les grands espaces
veulent les grands orchestres, il aura ainsi ses
deux théâtres : celui de la symphonie (le tragique) et celui de la musique de chambre (l'élégiaque), l'un pour les âmes endolories, l'autre pour
le genre humain. En Allemagne, Gluck et Weber sont en quelque sorte dans le passé les deux
seuls *spécialistes*, puisque Mozart étant l'homme

universel, ne compte pas, et nous voyons tout
le mouvement néo-romantique s'accomplir par
Mendelssohn et Schuman en dehors de la scène.
En France, égale réaction chez les nouveaux
que leurs secrètes prédilections inclinent vers
l'oratorio et la symphonie. Aucun d'eux n'entend sans doute renoncer au théâtre, tous le
recherchent au contraire, car c'est encore de là
que viennent l'influence et la fortune, mais s'ils
ne disent pas ce qu'ils pensent leurs œuvres parlent pour eux. Comparez *Marie-Magdeleine* à
Manon, *Henri VIII* à la symphonie de *Prométhée*
à celle du *Déluge*, estimez, pesez, jugez qui de
cette lyre ou de ce théâtre prévaudra dans l'a-
venir, et vous saurez, sur les préférences intimes des deux jeunes maîtres, tout ce qu'il en
faut savoir. « Sois poète tant que tu voudras,
mais tâche un peu d'être musicien, » disait
Schumann à Berlioz. Notre temps est à la musique *absolue*, et celle-là ne nous fait pas l'effet
d'être à la veille de s'entendre avec le théâtre.

Tout au plus la certitude existe-t-elle en
esthétique dans les arts du dessin, mais en musique, qui nous apprendra les transformations
que le beau est destiné à subir sous l'influence
de nouvelles découvertes harmoniques? Musi-

que absolue! Mais alors, il y a donc une musique relative? — Malheureux! il n'y a que cela. Et l'impressionisme de l'auditeur, qu'en faites-vous? Un Français, un Italien ou un Allemand se comportent-ils de même en présence d'une partition? un esthéticien perçoit-il comme un dilettante, un dilettante comme le *profanum vulgus?* La musique absolue, si vous en voulez des exemples, notre siècle en a d'incomparables, mais ce n'est point à l'opéra qu'il vous les faudra chercher. Regardez, au début de la Neuvième Symphonie, Beethoven maniant deux rythmes différents, deux thèmes également forts ; prenez le final de la Cinquième, quand vous sentez vous-même que votre admiration ne peut plus aller au-delà, voyez le maître se courber et, d'un fragment de thème qu'il ramasse vous refaire un monde. Autant on en peut dire de Sébastien Bach et de son contrepoint, où il se meut en toute fantaisie au milieu des plus inextricables difficultés de la science, que lui-même ne s'impose que pour la transgresser superbement dès qu'il s'agit d'enlever un effet de plus, comme dans la grande fugue pour l'orgue. Voilà ce que j'appelle la musique absolue ; la parole cesse de compter, plus de programme, c'est à votre propre substance de vous nourrir. Ici le mouvement est tout; la relativité seule opère, la musique est l'art du son mouvementé. Si je veux, par exemple, peindre le calme, je n'aurai d'autre moyen d'y réussir que de diminuer le mouvement. La forme et la couleur sont du ressort des arts qui modèlent et qui décrivent; la musique ne dispose que du mouvement, et c'est là qu'il lui faudra chercher ses allégories pour nous rendre les contrastes du grand et du petit, du clair et de l'obscur, du tendre et du brutal; ton majeur ou mineur : *allegro, rinforzando, diminuendo* et *pianissimo,* puis, en fait de ressources techniques, plus rien.

Je notais l'autre jour dans Quintilien un passage à ne pas omettre ici : « La nature nous a faits sensibles à la mélodie; autrement se pourrait-il que les instruments qui n'articulent aucun mot nous inspirassent tant de mouvements différents? » Voilà le vrai, la nature nous a faits sensibles à la mélodie : *Natura decimus ad modos neque aliter eveniret ut illi quoque organorum soni, quanquam verba non exprimunt, in alios atque alios ducerent motus auditorem.*

Un de ces philosophes de l'esthétique, comme

en Angleterre et en Allemagne il y en a tant et
comme nous en avons, hélas! si peu, Herbart,
refuse au génie de l'artiste le don de création :
« Il n'invente pas, il découvre; il est le Cook
d'un groupe d'îles que le passé, le présent et
leur esthétique enfermaient et qui, sans lui,
resteraient inconnues. » En d'autres termes,
l'artiste ne fait que découvrir les formes que
nous supposions être *a priori* dans son imagination. Ces formes, au dire du philosophe,
quasi flottantes dans l'océan de la pensée, appa-
raîtraient soudainement au navigateur. Il faudrait donc croire ainsi que l'artiste apporte son
idée, à la forme préexistante, et non plus
qu'il invente lui-même la forme pour son
idée, ce qui ferait de lui quelque chose de moins
qu'un chimiste manipulant les divers produits
de la nature pour les convertir en objets de fabrication. Que deviennent alors les rapports de
l'artiste avec son siècle? Que deviennent toutes
ces conditions physiques et morales de temps,
de lieu, de culture nationale? On ne se représente pas un Michel-Ange sans Florence, pas
plus qu'on ne se figure un Raphaël sans la Rome et la cour de Léon X, un Rubens sans le
milieu flamand, ses influences climatologiques

et ses modèles. C'est de ses rapports avec son
temps que l'artiste tire ses motifs, quitte à les
revêtir d'une forme de son invention, laquelle
encore ne lui appartient pas en propre, car,
même là, nous le voyons dépendre d'une foule
de nécessités historiques, locales, éventuelles.
Handel, Mozart, voyagent en Italie, y rencon-
trent de grands chanteurs qu'ils fréquentent, et
les voilà écrivant pour les voix, tandis que
Bach et Beethoven, sédentaires, casaniers, con-
finés dans les pays où la musique de chant
n'existe pas, vont, de leur côté, ne prêter qu'une
attention médiocre à la voix humaine, dont
jamais ils ne connaîtront ni le prestige ni l'emploi. Handel, en Angleterre, met la main sur
des sociétés chorales et les organise à son profit, Mozart compose des opéras italiens; tous
les deux produisent en vue des chanteurs dont
ils disposent et dont ils sont sûrs. Bach n'a d'exé-
cutants que ceux qu'il forme et quittera ce
monde sans avoir entendu la plupart de ses œuvres. Si Beethoven place son centre de gravité
dans la musique instrumentale, c'est beaucoup
parce que son génie le lui conseille, mais aussi
parce qu'il est venu dans une époque spécialement favorable à ce genre de composition et

qu'il y a vécu parmi des grands seigneurs ayant tous leur chapelle particulière et leur équipe musicale : pianiste incomparable d'ailleurs, il eut bientôt des orchestres à gouverner. L'opéra allemand n'existait pas, l'italien faisait trêve et ce qu'il allait devenir sous Rossini n'était que pour inspirer au grand homme la très sainte horreur que nous savons.

Comment le génie d'un musicien s'associe à son temps, il y aurait là un sujet d'étude à creuser. Handel et Bach, d'un côté, Mozart et Beethoven, de l'autre, les quatre évangélistes de l'art, tous ayant à la fois produit selon leur temps et selon leur individualité propre, éternels par ce qui fut cette individualité, transitoires parce qu'ils durent emprunter à leur temps ! Que relevons-nous de caduc chez les deux premiers ? Leurs roulades, leurs cadences emperruquées à la mode des virtuoses du jour; chez les deux autres, mêmes influences subies, mêmes fautes de goût reprochables au seul milieu et, dans tout le reste, — combinaisons, découvertes, dynamisation des procédés, — une puissance de rénovation qui défie les siècles.

Il n'y a pas à dire, entre la théorie du sentiment et la théorie scientifique du beau musical

sans phrase, la lutte est engagée à fond et ne
s'arrêtera plus. Ne nous hâtons pas trop pourtant d'annoncer la fin prochaine de l'opéra : si
avarié qu'il nous paraisse, l'homme malade est
capable de traverser encore plus d'une crise.
M. Riehl veut que ce soit l'oratorio qui le remplace, un oratorio moins religieux que philosophique, historique et politique. « Le génie de
Handel, écrit-il, s'affirme dans ses cœurs bien
autrement que dans ses airs, » et cette simple
remarque lui suffit pour rêver d'une forme où le
peuple figurerait comme principal personnage
et d'où serait exclu l'indispensable épisode des
amours de Valentine et de Raoul, de Mathilde et
d'Arnold, de Fenella et du prince Alphonse, la
musique désormais occupant l'avant-scène et se
chargeant de symboliser à elle seule la querelle
des catholiques et des huguenots, des Suisses et
des Autrichiens, des Napolitains et des Espa-
gnols. Au dire du critique allemand, pour l'ancien opéra, tout à la mythologie, l'histoire fut
toujours lettre morte, et les musiciens modernes qui lui ont emprunté des sujets se sont bien
gardés de fondre leurs héros dans la thèse commune et de relever la caractéristique de l'individu par la caractéristique des évènements.

Voulant joindre l'exemple au précepte,
M. Riehl s'empare du drame de *Wallenstein* et
nous montre Técla et Max comme une conces-
sion de l'auteur à la poétique du théâtre, tandis
que le conflit historique fait le fond de l'œuvre ;
puis il ajoute : « Ainsi Meyerbeer se serait
comporté s'il avait eu la poigne de Schiller, et
vous pouvez croire qu'en pareil cas, son génie,
au lieu de lui conseiller l'opéra, l'eût mené droit
à l'oratorio. » J'avoue que ce raisonnement me
laisse froid ; je consens que l'oratorio soit, en
effet, comme la symphonie, une forme musicale plus organique, mais j'ai peine à comprendre en quoi un oratorio de *Guillaume Tell,* des
Huguenots ou du *Prophète* nous initierait davantage aux mœurs politiques de l'époque, si tant
est que la musique ait pour mission de s'ingé-
rer dans ces gros démêlés. Agir de la sorte serait tout simplement saper le genre par la base.
Le public, quoi que vous inventiez, ne connaî-
tra jamais qu'un oratorio, celui de Bach ou de
Handel modifié selon les circonstances, mais
conservant toujours sous la main d'un Mendelssohn ou d'un Massenet, sa physionomie évan-
gélique ou biblique. *Le Paradis et la Péri* de
Schumann ne saurait compter que comme un

spécimen perdu d'une variété qui ne s'est pas propagée dans l'espèce.

Quant aux nombreux griefs que M. Riehl nous expose contre l'opéra, on en peut sans inconvénient adopter quelques-uns : il est certain que les empiètements de la mise en scène sont devenus un péril, mais parmi tous ces reproches, il y en a beaucoup qui ne regardent pas seulement l'opéra et s'adresseraient aussi bien à l'art dramatique en général. Contester à l'opéra ses droits à l'existence à cause de la langue conventionnelle, c'est nier également la tragédie, n'étant pas plus naturel à l'homme de parler en vers que de chanter. Quel art d'ailleurs me citerez-vous qui se puisse passer d'illusion ? Prendre un bloc de marbre pour une figure humaine, une toile peinte pour une réalité est une illusion non moins bizarre que celle qui consiste à s'identifier avec des personnages qui déclament des alexandrins ou débitent des cavatines. L'illusion a ses moments, elle nous prend, elle nous quitte, on la subit, on la secoue, tantôt intéressé, vibrant, ému jusqu'aux larmes et tantôt lorgnant de côté et d'autre dans la salle ; l'illusion est le reflet, la réflexion de l'œuvre dans l'âme du spectateur, le prestige par qui le non-réel devient réel.

18

M. Riehl fait aussi le reproche à l'opéra
d'être une affaire de mode. « De toutes les
formes musicales, c'est la plus transitoire, à ce
point qu'on se demande à la lecture comment
faisaient les anciennes partitions pour se com-
porter dramatiquement à la scène. Que subsis-
te-t-il aujourd'hui du répertoire de Lulli, de
Handel, de Gluck lui-même? Que restera-t-
il demain de Rossini, de Meyerbeer? Seul
Mozart aura survécu, il est le seul qui tienne
encore debout sur les planches; mais son école!
Où sont les Spontini, les Paër, les Winter, les
Méhul? Une reprise ici et là, une ouverture,
un finale qu'on exécute dans les concerts, puis,
rien, que des noms qui surnagent pour servir à
la discussion, rien que des conceptions esthétiques! Tout le monde parle de la fameuse querelle des gluckistes et des piccinnistes; c'est à
qui s'en ira chercher là des armes à fourbir
pour ou contre le wagnérisme; mais qui de
nous, quand on les lit, s'est rendu compte de ce
qu'étaient à la représentation ces opéras, cause
de tant de bruit, et qui nous expliquera comment ils agissaient si violemment et si contra-
dictoirement sur ces partis passionnés et
pourtant sincères? Autre chose est de la musi-

que instrumentale ou purement vocale ; Bach
et Palestrina défient les siècles, mais les opéras
de Handel et de Scarlatti, essayez donc d'y
aller voir ! »

Peut-être bien conviendrait-il aussi d'ajouter
qu'il n'y a rien, dans tout ce que l'auteur vient
de dire là du drame lyrique, qui ne s'appliquât
également au drame sans musique. Car nous
ne voyons guère qu'il en soit fort différemment
dans le règne du théâtre littéraire. Sans doute
on joue encore Molière et Racine à la rue Richelieu, tandis qu'à l'Opéra le nom même de Gluck
semble ignoré ; mais, à ne considérer que le
présent, à laisser les classiques dans leurs tem-
ples et à n'en juger que par ce qu'il advient à
cinq ou six ans de distance de telle pièce dont les
recettes ont fait époque, n'est-il pas permis de
se demander si, de ce côté aussi, une période de
quinze à vingt ans ne suffit pas pour avoir raison des plus beaux répertoires ? Il y a pourtant,
de la discussion de M. Riehl, une observation
à retenir ; c'est qu'avec le temps, l'intérêt du
drame a passé du théâtre dans le répertoire
du concert. Examinez, en effet, par quel travail
lent et successif l'infiltration s'opère. Dans
Palestrina, rien encore, pas un soupçon d'élan-

cement humain, à peine en saisissez-vous
l'ombre dans Orlando di Lasso ; mais attendez
Handel et Bach, attendez surtout Beethoven. Il
n'est guère de connaisseur qui ne se soit rendu
compte du mouvement vers l'expression dramatique qui, de Léonard à Rubens, se propage
dans la peinture, de Handel à Beethoven, c'est
le même progrès en musique et bien plus vive-
ment accentué par l'avènement de la symphonie et le génie d'un maître capable de dramatiser jusqu'à la sonate.

L'opéra traverse une crise de langueur : Berlioz, qui se plaisait aux jeux de mots, dirait
une crise de longueur ; cependant il n'en mourra
pas. On l'accuse de n'être qu'un genre intermédiaire : c'est ce prétendu vice qui le sauvera.
Italien d'origine, naturalisé en France, com-
mensal de l'Allemagne, il répond à un idéal
cosmopolite et parle la langue universelle. A
mon sens, le vrai, le seul danger qui le menace
est d'être abandonné des musiciens ; les maîtres
peu à peu, s'en éloigneront, livrant la place aux
médiocres, en tous lieux plus accomodants, et
que rebuteront moins les méchants poèmes et
les directeurs imbéciles. Tout porte à croire
que les Beethoven, les Weber, les Rossini, les

Verdi et les Meyerbeer de l'avenir n'iront plus
de ce côté. L'opéra en sera certainement dimi-
nué, mais, je le répète, il n'en mourra pas;
tant qu'il y aura des salles de spectacle, on y
jouera le drame lyrique, mais les maîtres, les
vraiment grands, prendront de plus en plus le
chemin de la salle de concert, siège de la musique absolue, qui sera probablement la musique
du xx° siècle.

FIN

TABLE

IMPRIMERIE DE L'OUEST

A. NÉZAN

à Mayenne